KB121552

2월의 외로움

# 2월의 외로움

초판 1쇄인쇄  2023년 3월 24일
초판 1쇄발행  2023년 3월 27일


저   자 이성준
발행인 박지연
발행처 도서출판 도화
등   록 2013년 11월 19일 제2013 - 000124호
주   소 서울시 송파구 중대로34길 9-3
전   화 02) 3012 - 1030
팩   스 02) 3012 - 1031
전자우편 dohwa1030@daum.net
인   쇄 유진보라

ISBN | 979-11-92828-11-4 *03810
정가  13,000원

도화道化, fool는

고정적인 질서에 대한 익살맞은 비판자,
고정화된 사고의 틀을 해체한다는 뜻입니다.

# 2월의 외로움

이성준 소설

도화

차례

# 1.

미리 각오하고 있었던 듯이 형은 모든 일을 빈틈없이 잘 처리했다.

"이제 어떻게 할래?"

문상객들이 뜸한 자정 너머 광일은 동생에게 나직이 물었다. 자기를 지그시 바라보고 있는 형을 광호는 마주보았다. 광일의 얼굴로 스쳐지나가는 어렴풋한 미소를 본 광호는 가슴이 몹시 아팠다. 이상하게도 형의 따뜻하고 믿음직한 배려가 돌이킬 수 없는 어머니의 죽음을 이젠 너도 받아들여야한다고 설득하는 것처럼 느껴졌기 때문이었다.

"형제라고는 딱 우리 둘 뿐인데 함께 지내야 되지 않겠니?"

광일은 다시 조금 쉰 목소리로 느릿느릿 물었다.

"지방으로 가는 것보다는 여기서 좀 알아봐야겠어요. 찾는다면 뭐 없겠어요."하고 대답하며 광호는 그러는 것이 형의 부담을 덜어줄 수 있을 것이라고 기대했다.

검은 한복 차림으로 쭈그려 앉은 마른 소녀의 모습은 가련하고도 사랑스러웠다. 서하가 세운 무릎 위에 턱을 걸치고 창백한 볼을 가늘게 떨며 속삭이고 있었다.

"서하 뭐 하니?"하고 광호는 옆에서 혼자 소곤대는 조카의 어깨에 손을 얹으며 다정하게 물었다.

"삼촌, 이렇게 기도드리면 할머니가 꽃길을 걸어서 주님께 가실 수가 있대……."하고 대답하는 서하의 눈은 멍하게 초점을 잃어서 중얼거리는 것처럼 보였다.

어머니는 밤사이에 뇌혈관이 터졌다. 광호는 아침에야 그 사실을 알았다. 그러고 보니 밤사이 어머니 방에서 난 신음을 잠결에 들은 것도 같았다. 11월 1일 아침 7시, 잔뜩 흐린 하늘에서 가랑비가 내리고 있었다.

젊은 의사는 뇌 MRI사진을 보여주었다. 굵다란 두 갈래 동맥이 하얗게 보였다. 좌두부의 터진 혈관에서 붉은 핏방울이 분수처럼 세차게 뇌 껍질 위로 마구 튀었을 것이라고 광호는 생각했다. 그 핏방울들이 정교한 뇌를 무례하게 유린하는 동안 어머니 몸은 그 피분수의 침투에 따라 그에 상응하는 경련과 통증의 흐름을 고스란히 경험했을 것이라고 추리하면서 병마의 폭력에 분노를 느꼈다. 냉정하게 돌이켜보면 그것은 무력한 오해인지도 몰랐다. 하지만 그런 되새김이 어쩐지 자신의 자책을 강인하게 만드는 것 같아서 광호는 그 뇌혈관 영상을 자꾸만 떠올리고 있었다.

투병 한 달 후, 때가 되었다. 사망의 직접 원인은 패혈증이었다.

새벽 중환자실에 모여 선 세 사람은 잠시 서로의 시선을 피했다. 의사의 하얀 어깨 너머로 벽에 걸린 커다란 그림이 자꾸 광호의 눈길을 끌었다. 산그늘 아래 호숫가 정경을 그린 유화였다.

"어머니는 이제 되돌릴 수 없는 곳을 이미 건너신 거예요."하고 호리호리한 체격의 젊은 의사가 미간에 주름을 지으며 광호와 광일 형제에게 말했다. 조금 떨려 나오는 음성에서 환자를 향한 짙은 슬픔과 연민을 느낀 광호는 이 젊은 의사의 손을 꼭 잡았다. 망가지는 육신에게는 존엄이 가장 절실한 것 같았다.

목 한복판에 삽입했던 인공호흡기를 뗀 어머니의 모습을 광호는 내려다보았다. 자줏빛으로 타들어가는 듯한 입술이 조금 벌어져 있었다. 그 사이로 죽음이 엿보였다. 광호는 그 모습을 평생 지울 수 없을 것이라고 예감했고, 기꺼이 잊지 않기로 결심했다. 그래서 그런지 장례를 치루는 동안 자기도 모르게 그 모습이 자꾸만 반복해서 떠올랐다.

그는 뇌출혈이 벌어지고 있던 그 새벽의 침상과 그것을 가로막은 벽과 어수선했던 잠결을 도저히 믿을 수 없었다. 너무나도 아쉬웠다. 그는 자신이 저지른 가장 큰 실수가 무엇인지 분명하지 않았지만 틀림없이 뭔가를 잘못했다는 끈질긴 자책감을 되새기고 있었다. 그러나 깜빡 졸 때는 체념과 함께 이상할 정도의 평화로움을 느꼈다. 어머니의 영혼이 내 옆에 앉아 오히려 이 아들을 위로하고 계신 것은 아닐까? 하고 광호는 생각해 보았다. 손녀의 로사리오 기도로 지금 붉은 장미 길을 걸어가고 계실지도 모를 어머니. 언젠가는 나도 그 길을 따라 기쁨에 겨워 날듯이 달려 갈 수 있다면 얼마나 좋을까. 그러자 광호는 불현듯 어머니의 유품을 어떻게 할 것인지가 걱정 되었다. 그때, 광호는 자신이 지금 자고 있다는 것을 퍼뜩 깨달았다. 주위에 축축하게 드리워진 어둠이 자라서 유독 새까만 점으로 응어리지더니 까마귀 우는 소리를 내며 날아서 멀어져 갔다. 이제 몇 시간 후면 출상이었다. 더럭 겁이 난 광호는 온몸이 가늘게 떨려왔다. 겨울 새벽은 아침을 망각한 듯 언제까지나 캄캄하기만 했다.

화장장은 대리석 건물이었다. 광호는 잘 닦인 바닥을 내려다보았다. 자신의 축 처진 얼굴이 갈색 대리석 바닥 위에 흐릿하게 비쳤다. 하얀 장갑을 낀 명철이 제일 앞에서 운구하는 모습이 보였다. 관은 전동운구차 뒤에 실렸다. 마치 대형 빌딩의 대리석 바닥을 깨끗이 닦고 윤을 내는 청소차 같았다. 차는 소리 없이 천천히 나아갔고, 머리를 수그린 유족들이 두 줄

로 그 뒤를 따랐다. 이제 영정만 남고 관은 화
로로 들어갈 차례였다. 영정에 절하고, 화로로
들어가려는 관을 향해 마지막으로 모두 머리
숙여 깊은 절을 했다. 서하가 할머니를 부르며
몹시 울었다. 그것으로 끝이었다. 돌아 나오는
광호 앞에 유족대기실로 향한 에스컬레이터
가 오르고 있었다. 에스컬레이터 옆에 '천상의
길'이라고 적힌 팻말이 보였다.

## 2.

 광호는 검고 큰 명패를 멀거니 바라보고 있
을 수밖에 없었다. 형의 동창이라는 사람이 전
화통에 대고 신경이 곤두선 목소리로 싸우고
있었기 때문이었다. 광호는 자개로 새겨진 원
장이라는 한문을 한 획씩 눈으로 따라가며 마
음속에 새겨 쓰다가는 그가 버럭 소리를 칠 때
마다 갑갑함을 떨치려고 깊은 숨을 들이마시
며, 내가 지금 여기 왜 와 있나, 하고 후회했다.
 "증권회사 다니다가 그만 두었다고?"하고
전화를 끊은 학원장선생님께서 광호를 외면한
채 불쑥 물었다.

"네." 광호는 마침내 불쾌했기 때문에 일부러 다리를 꼬고 앉으며 대꾸했다.

"자네도 알겠지만 요즘 다 어려워서, 우리 학원도 학생들이 다 빠져 나가는 추세일세. 그러나 저러나 광일이는……." 얼버무리며 그는 담배를 권했다.

"담배 안 피웁니다." 광호는 사양했다.

"증권사 전산실이면 학원 강사보다 더 좋을 텐데 뭐 하려고……."

학원장은 담배 연기를 길게 뿜었다. 그러고 나서 그는 아무 말이 없었다. 광호는 식은 녹차를 쭉 마시며, 이건 모두 쓸데없는 긴장이라고 생각했다.

"이만 가보겠습니다. 형이 인사나 드리라고 해서 뵈었는데, 공교롭게도 바쁘실 때 제가 불쑥 찾아오는 결례를 범한 것 같습니다."

광호는 미소를 지으며 일어섰다. 그런 자신의 여유가 썩 마음에 들었다.

"원 별 말씀을…….."

원장은 서둘러 다가와 악수를 청했다.

"광일이하고는 몇 년 차요?" 원장은 친근하게 물었다.

"아홉 살 차이지요."하고 말한 광호는 이 사람도 원래는 관대한 사람일지도 모른다고 버릇처럼 속으로 말해보았다. 광호는 인간관계에서 늘 너그럽고 긍정적인 자기 천성에 만족했지만, 자기의 관대함이란 사실은 사람들이 좋건 싫건 공유해야할 감정의 진폭에 대한 불공정한 외면이거나, 어쩌면 비겁인지도 모른다고 자조할 때가 점점 많아졌다. 그러나 어쩔 것인가? 어렵더라도 좋은 점을 찾아야 하지 않을까? 그것은 10년 전에 돌아가신 아버지의 인생관이기도 했다. 그러고 보니 나도 방금 전에는 아버지처럼 수학선생이 되어보겠다고 학원을 찾았던 거라고 생각하자, 광호는 어쩐지 쓸쓸한 기분에 젖었다. 세상 모든 것에서 언제나 좋은 점을 찾으려고 노력해야 하는 것일까?

높다란 입시학원 빌딩을 나선 광호는 4차선 도로 옆을 느리게 걸어갔다.

지난가을 광호는 자신을 퇴직시키는 상사의 씁쓸한 마음을 먼저 위로해 주었다. 과장은 그런 광호를 좋게만 보지는 않았다. 감정이란 쉽게 번지고 뒤섞이는 물감 같아서 솔직함이 냉소로 비치기도 하고, 무감각이 대범으로 슬쩍 바뀌거나, 도대체 어디까지가 오만이고 어디까지가 당당함인지 자신할 수 없게 되는 것이었다. 그래도 바쁜 직장 동료들이 어떻게 소식을 듣고 이미 퇴직한 사람에게 문상해 준 것은 고마운 일이 아닌가? 광호는 거기까지 생각이 미치자, 이제 자기는 혼자라는 생각이 와락 치밀었다.

그는 한참을 인도 가운데 우두커니 서있었다. 그러다가 웅크린 채 찔러 넣었던 손을 빼 시계를 보았다. 아직 두 시간이나 남았으므

로, 광호는 천천히 걸어서 잠수교를 건너기로
했다. 찬바람이 몹시 불어와 광호는 외투 깃
을 세웠다. 한강은 창백해 보였다. 먼 강물 위
로 붉은 기운이 녹아들듯이 조금씩 번지고 있
었다. 차들이 잠수교의 굽은 등 너머로 빠르게
휙휙 스쳐 사라져갔다. 광호는 교각 옆에 서서
잠시 지는 해를 가늘게 뜬 눈으로 바라보았다.
그러자 문득 그는 서녘 하늘의 궁륭으로 번지
는 붉은 기운에서 터진 뇌혈관을 연상하다가
서둘러 머리를 흔들었다.

카페는 따뜻하고 넓었다. 차분한 러시아 민
요가 흐르고 있었다. 벨소리에 화들짝 놀라 휴
대전화를 꺼냈지만, 민아가 아니라 볼멘소리
의 형이었다. 충전지 경고 신호가 깜박거리고
있었기 때문에 전화가 언제 끊길지 몰라 광호
는 조금 불안했다.

"네 오늘 낮에 만났어요."하고 광호는 얌전
히 대꾸했다.

"요모조모 가르쳐주셨는데, 설명을 듣다보니 제가 좀 자신도 없고 해서……. 네, 네, 아니요, 생각은 해보겠지만, 학원 강사 일이라는 것이 워낙 경쟁이 치열해 놔서요. 잠시 해 볼 그런 일이 아닌 것 같더라구요." 광호는 건성건성 말하며 앞을 뚫어져라 바라보았다.

굳은 표정의 하얀 얼굴을 곧추 세운 민아는 여름에 마지막으로 보았을 때보다 좀 여윈 것 같았다. 성긴 생머리가 자그마한 머리통에 착 달라 붙어있어서 더욱 쌀쌀 맞게 보였다. 그녀는 늘 결코 두리번거리는 법이 없었다. 자신은 근시 때문이라고 변명했지만, 사실은 예쁘장한 도도함이 몸에 배어서 그랬다. 불필요한 긴장 상황이라고 느끼면 더욱 그런 태도를 취하곤 했다. 광호는 구석에서 잠시 그녀를 훔쳐보고 있었다. 결별을 선언했던 민아가 오늘 이렇게 나와 준 것은 상을 당한 자기 근황을 듣고 동정해서 일지도 모른다는 생각이 들었다. 그

것은 민아의 딱딱한 예절로 드러날 것이다. 이
대로 살며시 달아나 버릴까?

광호는 자리에 앉는 민아의 정수리 가르마
를 내려다보며 웃으려 했지만 잘 되지 않았다.

"출국이 언제라고?" 광호가 침묵을 깨고 물
었다.

"1월 15일." 민아가 찻잔을 들어 올리며 짧
게 대답했다.

"무슨 요일이지? 몇 시야?"

"몰라. 저녁."

끊듯 대꾸하며 그를 쳐다보는 민아의 희푸
른 눈빛은 몹시 불안해 보였다.

광호는 민아가 더욱 차가워진 것은 출국을
앞두고 막막한 기분 때문일 것이라고 짐작하
며 그녀의 좀 건방진 태도를 용서해주기로 마
음먹었다. 좋은 인상을 심어주자. 민아에게 멋
진 모습으로 남고 싶다. 그래서 언젠가 그녀가
불현듯 기억을 되살려 다시 돌아오게 될지도

모른다는 믿음을 마지막으로 확인하고 싶었다. 참 끈질기군. 광호는 자기 마음을 비웃었다. 미련 따위를 두다니……. 재회 같은 것은 없어! 하고 속으로 말하며 광호는 멍청한 기분이 되었다.

"저녁에 출발하면 도착도 저녁에 하게 되나? 석양을 등지고 가서 또 석양을 맞게 되겠군."하고 말한 광호는 지그시 눈을 감았다. 어색해! 왜 자꾸 이러지?

그때 그는 아까 바람을 맞으며 보았던 한강 위 노을을 떠올렸다. 그러자 새벽에 꾸었던 꿈이 눈에 보이듯이 선명하게 기억되었다. 어떤 마른 입술이 차츰 커지더니 조금씩 벌어지며 입 속을 애써서 벌려 보이려했다. 그러다가는 다시 천천히 닫히기를 반복했는데, 그 타들어 간 입술 사이로 억눌린 비명이 조금씩 새어나왔다. 그 꿈은 무슨 뜻일까? 광호는 민아와 눈이 마주칠 때 속으로 그렇게 자문하고 있었다.

그러자 그는 믿을 수 없을 만큼 절망적인 슬픔 속에 쏜살같이 빨려들었다. 목이 무지근하게 막혀오고 불길이 눈앞에 일렁이는 환각까지 보였다. 몹시 당황한 광호는 반사적으로 이 유별나게 강하고 어두운 슬픔을 모른 척하기로 서둘러 다짐했다.

"얼마 남지 않았네……. 참 빨리도 가는군……."하고 광호는 저도 모르게 풀이 죽은 목소리로 중얼거렸다. 그 속절없는 말로써 민아에게 매달리는 꼴이 되자 아차 하고 후회했다. 하지만 어쩔 수 없었다. 그들은 서로 시선을 비긴 채 한동안 말이 없었다. 탁자 위에는 촛불만이 맥없이 저 혼자, 찻잔과 와인 잔을 비추고 있었다. 동심원을 그리는 손길처럼 느리게 조이고 다시 퍼져나가는 러시아 민요가 광호에게 애절한 느낌을 더해주었다.

3.

지난여름이었다. 오전 11시에 구기파출소 앞에서 광호는 민아를 만나 산기슭까지 조금 걸어가서 그녀의 집으로 들어갔다. 거대한 화강암 계단을 올라 넓은 잔디 마당을 지나, 묵직한 현관문을 열자 김소장 내외가 둘을 맞았다.

"안녕하세요?"

"어서 와요."하고 내외가 동시에 맞이했다.

"최광호라고 합니다."

"민아가 하도 최선배 최선배 해서 그런지 처음인데도 낯설지가 않네."

김성우 박사는 바리톤 가수의 것 같은 우렁우렁한 목소리로 말했다.

민아의 집은 잘 닦인 홍옥 같았다. 광호는 첫눈에 이 집의 매력에 빠져들었다. 빛을 잘 가다듬어 놓은 집. 따뜻하면서도 합리적으로 잘 정돈되어 이지적인 느낌을 주는 집. 광호는 팽팽한 고동색 가죽 소파로 다가서다 절반 쯤 열린 문을 통해 김소장의 육중한 책상이 방 한 가운데 버티고 있는 서재를 힐끗 보았다. 광호는 민아의 아버지가 정말 열심인 학자인지도 모르겠다는 생각을 했다. 그 동안 이유도 없이 김소장을 경멸했는데, 그건 명철이가 김성우 따위들은 모두 사기꾼이라고 했던 영향인지도 모르겠다.

차여사는 부드럽고 자연스러웠다. 머리가 조금 세기 시작하는 40대 후반의 우아한 여성이었다. 광호는 민아의 어머니에게서 친근감을 느꼈지만, 자신의 친근감을 표현하기에는

스스로에게 뭔가 부족하다는 초조함을 느꼈
다.

"나와 집사람이 설계했지요……"하고 김소
장은 말했다. 무슨 말인가 오가다가 그렇게 말
했는데, 표정이 조금 멍청해보였다. 광호는 그
에게 채광이 독특하고, 공간 배치가 합리적일
뿐만 아니라, 조화롭다고 했다.

정원에 차려진 식탁에 둘러앉아 모두 흐뭇
하게 웃었다.

높다란 와인글라스에서 나는 소리는 참 신
기했다. 민아는 흰 손가락을 잔에서 살짝 떼고
깔깔 웃다가 손뼉을 쳤다. 벚꽃 같은 웃음이었
다.

"다시 한 번 해봐."하고 광호는 미소 지었다.

"연주도 하던데 그이는." 차여사가 말했다.

민아는 가늘고 긴 손가락을 모아 가볍게 잔
가장자리를 어루만지듯이 빙글 돌렸다. 새끼
손가락만 살짝 뻗친 그 흰 손은 사랑스러웠다.

동심원을 만드는 둥근 소리들이 수줍은 듯 울려왔다.

"신기하네." 광호는 자기도 민아 손놀림을 흉내 내었다. 잔과 포도주가 흔들렸다.

"허허……. 조금 더 들지 그래요?" 김소장은 광호에게 와인을 따라주며 권하고 눈을 치떠 물었다. "형님이 교수시라고요?"

"예, 부교수죠."

"전공이……?"

"화공학입니다."

"거 좋은 학문하시네. 형제분들이 다 이공계통을 전공하셨네요. 원래 그쪽으로 흥미가 많은가 봐요. 아버님도 그러신가요?"

"네, 수학 가르치셨죠."

"민아한테 들었던 것 같은데, 아버님께서 어디 여학교 선생님이셨다면서요?"하고 김소장은 묻더니 눈길을 돌려 잔디밭 너머 현관 쪽을 바라보았다. 그러면서 턱에 힘을 주어 하품을 참고 기지개를 켠 후 두 팔을 들어 천천히 뒤통수로 손깍지를 끼었다.

"우리 부친도 한학을 했었는데, 안악 촌이야요. 그런 분들 꼬장꼬장하시디만. 허허. 상기도 뭐 그런 분들이 계셔야 교육도 되는 거이고……."

김성우소장은 광호에게 하는 말인지 혼자하는 말인지 애매하게 말을 했다. 광호는 대꾸하지 않았다. 잠시 침묵이 흘렀다.

"엄마아, 이거 더 줘."하고 민아가 안심구이 담겼던 접시를 내밀며 어리광을 부리듯 명랑하고 큰 목소리로 말했다.

"옛다. 그리고 선배님도 더 드세요. 고기 많이 있어요. 버섯 섞어서 들어요."

민아의 어머니는 집게를 들어 석쇠에 고기를 얹고, 익은 마늘과 버섯을 광호 접시 위에 썬 고기와 함께 놓아주었다. 광호는 고개를 숙이며 두 손으로 차여사가 내미는 접시를 받았다. 아무 장식도 없는 하얀 접시는 크고, 묵직하고, 따스했다.

광호는 김성우 소장의 시선이 가 닿아있는 대문 쪽으로 자기도 모르게 상체를 조금 틀고 있었다. 광호와 김소장이 한동안 말없이 마주 앉은 사이, 민아와 그녀의 어머니는 소곤대고 번갈아 웃었다.

"뭐가 그렇게 재미있어?" 김소장이 꼰 다리 위에 손바닥을 척 겹쳐 올리며 물었다.

"글쎄, 애가 싱가포르 공 국장 흉내를 내잖아요."

"그 사람은 왜? 거 참."하고 김소장은 광호를 향해 눈을 둥그렇게 떴다. "이 잔 선물한 싱가폴 관리지. 후후."

"그 아저씬 항상 웃는 얼굴이야. 앞니가 이렇게 튀어나왔어."하고 민아가 아랫입술을 말아 들여서 뻐드렁니 흉내를 냈다. 광호는 빙그레 웃었다. 차여사는 민아 어깨를 치고 손뼉을

치며 웃었다.

"그리고 항상 손을 이렇게 앞으로 모아가지고 막무가내로 다가서지. 호호호"하고 차여사가 두 손을 모아 쥐고 앞으로 내밀자,

"맞아, 그리곤 그런다? 아이 노우, 아이 노우, 이러면서 아무한테나 어깨로 기대, 이렇게. 하하하."하며 두 여자는 친구처럼 서로를 톡톡 치다가 입을 가렸다가 팔짱을 끼기도 하며 깔깔 웃어댔다.

"허 참, 별 게 다 ……." 김소장이 광호를 마주보며 머리를 흔들었다.

광호는 들뜬 두 여자를 번갈아보았다. 아름답다. 아니, 아름답게 충분히 과시되고 있다. 이런 모녀에게는 단풍나무 아래에 놓인 둥근 탁자 위에 정갈하게 차려진, 많지도 적지도 않은 고기구이 점심이 어울린다. 순진한 친절과 그만큼의 쌀쌀함. 광호는 투명한 벽을 느끼는 자신을 물끄러미 지켜보았다.

김소장은 다리를 바꿔 꼬며 아내와 딸을 외면했다. 어깨를 축 내리고 깊숙이 내려앉는 그 모습에서 만족의 지루함이 엿보였다. 김소장은 텔레비전에서 보던 것보다 눈매는 조금 더 날카로웠고 화면에서처럼 그렇게 비만으로 보이지도 않았다. 머리도 그렇고 몸매도 그렇고 아직은 노쇠가 먼 중년의 활력이 넘쳐나고 있었다. 그는 재치 있는 말을 툭 던져놓고 좌중이 웃으면 몇 초 지난 다음 만족한 사내답게 껄껄 웃곤 했다.

"참, 지난번 토론 잘 보았습니다."

"아, 그래. 뭐 반응이 신통치가 않아서……."

김소장은 멋쩍어했다. 두 여자는 웃음을 거두고 있었다.

"행정이 뭔지 모르는 저 같은 사람도 선생님께서 쉽고 재미있게 말씀해주시니까 아주 귀에 쏙쏙 잘 들어왔습니다. 행정개혁 방향에 대해 아주 선명한 지론을 가지고 계신 것 같더

군요."

광호는 슬렁슬렁 웃어가며 잘도 지껄였다.

"허 허어 그래요?"하고 김소장은 한번 픽 웃으며 고개를 끄덕였다. 차여사는 묘한 표정으로 미소를 띤 채 광호를 바라보았다. 광호는 말을 점점 더 더듬기 시작했다. 이런 종류의 부부는 자신들에게 바쳐지는 덕담이나 아부를 선택해서 받아들이는 거만함이 있었다. 광호는 말을 끊었다.

"그 펌프 예쁘죠?"하고 차여사가 광호의 시선을 살피며 물었다.

"네, 작고, 멋져요. 금빛 장식품인가요? 정말 물을 길어 올리나요?"

"물? 나오징, 바부탱이 오빠두 참."하고 민아가 냉큼 일어서서 느티나무 아래 펌프의 손잡이를 잡았다. 그녀는 왼손으로 바가지 물을 퍼 펌프 안에 붓고 손잡이를 위 아래로 네 번 놀렸다. 그러자 하얀 물줄기가 쏟아져 내렸다.

금빛 펌프 주둥이 아래에는 검은 시루 옹기가 놓여있었는데 시루 안에는 예쁜 갈색 차돌이 촘촘히 담겨있어서 잠시 물을 담아 놓을 수 있게 고안된 것이었다. 그 후 물은 시루에서 살며시 빠져나가 더 낮은 곳의 수조에 고이게 된다.

"나도 한번 길어볼까?"하고 광호는 금빛의 손잡이를 잡고 펌프질을 힘차게 했다. 찬 물이 콸콸 쏟아졌다. 펌프는 기능보다는 운치를 위해 설치한 자그마한 공예품이었다.

"참 멋지군요."

"그래요? 고마워요."하고 차여사가 다시 그 묘한 미소를 지으며 눈길을 돌렸다.

"저거 만든 이가 그……."하고 김소장이 담배를 피워 물며 중얼댔다.

"네, 시아주버니 회사에 있었던 정상무 부인이요. 그 이가 파주에서 금속공예 작업실을 가지고 있어요."

"여자가?"

"몇 사람이 함께 한다나?"

"정상무는 요즘 뭐 한대?"

"이이 좀 봐. 이번에 선거 떨어졌잖우."

"후후."하고 김소장이 불룩한 배로 웃자 그의 아내는 가소롭다는 듯 픽 웃더니 귀밑머리를 쓸어 넘겼다. 그때, "오빠 우리 사진 찍자." 하고 민아가 광호의 왼팔에 팔짱을 끼고 얼굴을 장난스럽게 들이밀며 응석을 부렸다. 하얀 볼의 열기가 광호의 뺨에 닿으면서 달큰한 내가 났다. 광호는 느티나무 사이로 비친 햇살이 민아의 뺨 솜털 위로 흐르는 모습을 보았다. 광호는 흐뭇한 기분에 젖어, 시루에 고인 물에 손을 담갔다. 차고 부드러운 물살이 그의 손가락을 간질이며 달아나고 있었다.

"어험."하고 헛기침을 하면서 김성우 소장이 일어섰다. 그 옆에 차여사는 이미 일어나 있었다.

"자, 그럼 이제 가 보게."

김소장은 아내의 어깨에 손을 올리며 광호를 향해 요구했다.

"네?아……. 네. 이런 벌써 시간이 이렇게……."

광호는 조금 당황했다.

"잘 가요."

"잘 가시오. 만나서 반가웠소."

"네. 점심 잘 먹었습니다. 감사합니다."

"왜, 벌써 가야 돼? 엄마, 아빠……."

민아가 불만을 터뜨리자, 차여사는 쌀쌀맞게 딸을 외면했다.

광호는 물에 젖은 손과 팔뚝이 차갑게 시렸다. 그래서 서둘러 셔츠 소매를 내리고, 등받이에 걸쳐두었던 저고리를 둘러 입고, 넥타이를 고쳐 맸다.

"실례 많았습니다. 다시 한 번 더 초대해 주심에 감사드립니다."

광호는 정신을 가다듬고 자신이 할 수 있는

한 가장 정중하게 예를 표했다. 광호는 이런 자기 행동이 일종의 방어라고 느끼자, 곧이어 이 키 큰 사내와 그 부인과 그들의 거창한 숲 속 저택에 대해 어렴풋이 느끼고 있던 거부감을 확인했다.

그래, 넌 뭘 기대한 거니? 하고 생각하며 광호는 어두운 마음으로 부부의 뒤를 따라 앞뜰로 걸어 나갔다. 민아가 그의 왼팔을 잡고 따랐다.

"안녕히 계십시오."

"잘 가세요."하고 그를 똑바로 쏘아보던 여주인은 가는 금테 안경을 곧게 편 가운데 손가락으로 살짝 밀어 올리며 말했다.

"잘 가시오. 만나서 반가웠소."

집주인이 조금 전의 말을 똑같은 억양으로 되풀이했다. 집주인은 두툼한 손을 내밀었다. 그는 광호의 손을 마주잡지 않고 자기의 펴놓은 손을 그대로 두고 있었다.

"나, 오빠 데려다 주고 올께."

"민아야, 당장 큰 댁 가야지. 아침에 이야기
했잖니. 벌써 늦었어."

"그래, 민아 나오지 마. 나 갈께."

광호는 걸었다.

세검정 고갯길을 오르면서 그는 자신이 무
엇을 예상하고 어청어청 그들 집에 기어들어
갔었나 돌이켜보며 후회했다. 그는 수치를 느
꼈다. 민아의 부모를 찾아뵈어야겠다고 결심
하려는 며칠 사이, 오히려 민아가 먼저 "엄마,
아빠가 오빠 좀 보재."라고 말했었다.

그들은 광호를 못마땅하게 여기는 정도가
아니라 어서 물러나 주기를 바란다는 것을 이
미 알고 있던 광호는 초대를 받고 난처했다.
혹시 자신감을 가지고 예의를 다 갖춘 그런 내
진실한 모습을 보시고 싶으신 것인가? 그로서
는 기대에 부풀어 믿기지 않는 초대에 응하기
로 했었다.

그들은 아무런 요구를 하지 않았다. 정중한 접대였다. 끝까지 그랬다. 그건 일종의 시위였다. 이들은 순간의 의표를 찌르면서 자기 생각을 관철시킬 줄 아는 수사학을 썼다. 이런 상황에 자존심이 반응한다는 것은 참 동물적이라고 광호는 씁쓸하게 생각했다.

4.

　마침내 광호는 이사를 했다. 트럭이 큰길로 돌아 나갈 때 광호는 얼굴을 돌려 어머니와 둘이서 십년 가까이 살던 집의 대문을 바라보았다. 비스듬히 보이는 녹색 철 대문이 너무 초라하고 빈약해 보여서 광호는 조금 쑥스러웠다.

# 5.

"경치 좋구먼."

광호가 이사한 바로 다음날 혼자 쳐들어 온 명철이는 베란다에 버티고 서서 활력 넘치게 말했다.

"이 아파트야 경치 빼면 시체지 뭐."하고 광호는 친구의 칭찬에 만족해서 웃었다. 너무 외곽에 떨어진 곳이라 전세금 빼려면 쉽게 빠질 수 있겠느냐며 형은 동생의 선택을 못 미더워했었다.

"등산하면 좋겠구먼. 여기가 백운산 자락이라고? 이거 국립공원이잖아?" 명철이는 맨손

체조를 하며 말했다.

"그렇지." 광호도 조금 들떠서 맞장구쳤다.

"우리 회사에서 일 할 준비는 됐겠지?"

"너야 디자인 전공이니까……. 그렇지만 나야 뭐……."

"아니야. 취미가 있으면 일은 배우게 돼. 다다음 달부터 전통 가옥 건축에 관한 강의가 있거든. 주로 나무 다루는 법을 배운다는데 거기를 한 삼 개월 다녀 보라고. 일이라는 것이 믿을 만한 사람들끼리 모여서 해야 되지 않겠냐?"

두 사람은 고교 일학년 때부터 미술반의 단짝이었다. 명철이는 부모의 반대에도 불구하고 자기 배짱대로 응용 미술을 전공하게 되었지만, 광호는 형의 말 한마디에 그나마 차선으로 생각하고 있던 건축을 포기하고 말았었다.

"광호 니가 어려서 그렇지. 노가다들 하고 섞여서 십장 노릇하는 것이 어떤 것인 줄이나 아니?"하고 형은 얼굴을 찌푸리고 앉아 조용하게 한마디 했다. 형 권고대로 전산학을 공부하면서도 광호의 마음은 언제나 겉돌고 있었다. 공병으로 복무하면서는 예전에 형이 했던 말에 수긍도 되었었다. 그러나 광호에게 건축이라는 것은 그렇게 무섭도록 힘든 노동이 아니었다. 그것은 빛이 가득한 공간으로, 집주인을 보호하고 연장할 뿐 아니라, 그에게 값진 외로움을 지불케 함으로써 진정한 타인을 만나게 해 줄 수 있는 멋진 역설로 보였다. 광호의 꿈은 그런 것이었다. 권태는 막아주고, 환상은 식지 않게 보존해 주는 집. 그런 따스한 집을 짓다보면, 어느새 그 집들 사이로 한적한 오솔길 하나가 그를 따라 올 것이었다.

"그 부실한 증권사 전산실에서 너 몇 년이나 가겠니?"하고 형은 버릇처럼 또 회의적이었다.

민아를 만나 연애하던 대학 4년 시절, 광호

는 초조했다. 민아가 아무리 광호에게 충실하더라도, 부모의 반대에 모질게 저항하기는 힘든 성격이었다. 차츰 그도 그녀도 지쳐가고 있었다. 그런 피로가 싫어서라도 기계적인 일에 충실해 보고 싶었다. 그러나 형은 집요했다. 듣다 못한 광호는 난생 처음 거칠게 신경질을 부렸다. 수화기를 집어 던진 것이었는데, 그만 어머니의 경대에 가서 맞는 바람에 붉은 경대의 모서리 이가 떨어져나가고 말았다.

이사하기 며칠 전 광호는 밤늦게까지 안방에서 한쪽 팔을 베고 모로 누운 채 멍한 상태로 그 경대의 흠이 난 모서리를 손끝으로 매만지고 있었다.

상처란 무엇일까?

"뭘 생각을 그렇게 하고 있어?"하고 책상 앞에 앉은 명철이가 머리를 돌려 방바닥에 모로 누운 광호를 향해 물었다.

"응, 전에 만났던, 학원 한다는 그 형 친구."

이사 전날 은빛 자개로 무늬를 넣었던 그 붉은 경대를 말끔히 다 태운 것일까? 하고 생각하며 광호는 조금 불안해졌다. 자개는 다 타지 않았을지도 모른다.

"아, 이것이 네가 전에 말했던 그 사진이군."하고 명철은 사진을 쳐들며 상체를 의자 뒤로 젖혔다.

광호는 손깍지를 베고 똑바로 드러누웠다. 태양을 찍은 사진은 주황과 백색 점으로 뒤덮여 있고, 어둠을 향해 불그스름한 기운이 뻗어나가 있는 모습이었다. 가도 가도 불바다가 아니겠는가.

"탐사선은 언제쯤 녹아 없어질까?" 광호가 물었다.

"최후의 사진을 전송하고 나서겠지." 명철이 대답했다.

광호는 눈을 감았다. 이불을 덮어 놓았기 때문에 방바닥의 따스한 기운이 어깨를 타고 온

몸으로 전달되었다. 광호는 불빛에 일렁이는 탐사선의 렌즈가 꿀처럼 녹아내리면서 새카만 어둠을 향해 최후의 전파를 발사하는 모습을 그려보았다. 그것은 마치 달리의 그림처럼 초현실적이고 선명했다.

광호는 선잠에 빠져들었다.

그날 자정이 넘어 기어코 광호는 어머니의 경대를 마당가로 옮겨 놓고 태웠다. 혼자 마당으로 내오느라 진땀을 흘렸다. 건들거리던 거울이 깨지고 말았다. 순식간에 대각선으로 휘어져 일 미터 가량 금이 갔다. 광호는 이마의 식은땀을 훔치며 금 간 체경을 들여다보았다. 금을 따라 우울한 표정의 자기 얼굴이 대각선으로 잘려보였다. 어차피 태워버릴 건데 이렇게 조심할 필요가 뭐야? 하고 광호는 자책했다. 망치를 가져다 거울을 잘게 부수고, 조각들을 집어내던 광호는 손가락을 두 군데 베었다. 그는 웬일인지 초조해서 몹시 서두르고 있었다. 신문지를 경대 바닥에 대고 불을 지폈지만 잘 옮겨 붙지 않았다. 광호는 지하실을 뒤져 까맣게 찌든 때가 긴 휘발유 통을 찾아냈다. 이마에 먼지가 들러붙었다. 연분홍 휘발유는 반들반들한 표면으로는 얇게 흘러내릴 뿐, 스미지를 않았다. 광호는 휘발유 냄새를 맡고 어지러웠다. 불은 무서운 기세로 타올랐다. 라이터를 조금만 더 가까이에서 켰더라면 불이 자기 얼굴로 옮겨 붙을 뻔했다고 진저리쳤다. 광호는 얼굴로 확확 끼쳐 오는 열기에 주춤거리며 물러났다. 깨뜨려 한쪽에 모아 수북이 쌓아둔 거울 쪼가리들이 불빛을 받아 번쩍였다. 타오르던 서랍은 마치 살아있는 것처럼 타다닥 요란한 소리를 내며 뻐그러지다가 조금 튀어나와 열렸다. 광호는 불길을 홀린 듯 바라보고 서있었다.

"태양풍이라! 그런데 이 따위는 왜 오려 논 거야? 얀마 최광호 자니? 야아 이 태양 불길

45

좀 봐라. 이 불길이 지구덩이만 하다니, 내 원
참!"

그곳을 지나서 장미 꽃길로 들어설 수 있을
거라고 광호는 명철의 목소리를 들으며 어렴
풋이 생각했다. 광호는 불길을 지나면 영원히
따스한 곳이 나타날 것이라고 상상해 보았다.

6.




연말엔 시간도 더 빨리 가는 듯했다. 광호는
며칠 후 정식 집들이로 명철이와 그의 약혼녀
인 지영을 초대했다.

"어허, 이제 아늑하구먼. 일주일 전에는 정
신없었는데." 명철이 이곳저곳을 기웃거리고
휘 휘 둘러보며 말했다.

"그때야 이사한 다 다음날 아니야? 아니, 다
음날이었나?" 광호가 싱크대 위에 비닐 봉투들
을 올려놓으며 대꾸했다.

"어머나, 저 화장실 앞에 하늘색 파티션 좀
봐. 예쁘다. 광호씨가 만든 거지? 그지?"하고

지영이가 물었다.

"네. 웬 고기를 이렇게 많이 사왔어요?"

"가만, 내가 할게." 지영이 회색 모직 외투를 벗더니 붉은 스웨터의 소매를 쓱 쓱 번갈아 걷어 올리며 광호 옆으로 다가와 그의 어깨를 밀어내었다.

"에구에구 저리가, 방해 돼."

"야채는 제가 씻을게요."

"아니, 놔 둬. 내가 할게."

광호는 거실에 앉아 건너다보았다. 풍만한 지영의 뒷모습 너머로 눈 덮인 은사시나무 숲 산자락이 보였다. 크리스마스라 그런지 더 이국적으로 보였다.

"신혼여행은 어디로 가요?" 광호는 음악을 틀며 물었다.

"가긴 어딜 가? 그냥 소주 집에서 밤새고 말 거야." 명철이 거실 창가의 책상 앞에 앉으며 외쳤다.

"엔야 노래네. 근데, 뭐라구? 어디서 밤새? 빠져가지구. 이리 와서 상치 씻어!"

"시집올 여자가 벌써 저런다니까……. 광호야 이리 좀 와봐."

광호는 소리 죽여 웃으며 책상 앞으로 가서 앉아 있는 명철의 어깨를 짚고 그가 가리키는 화판을 보았다.

"색이 멋지군. 주황이 이렇게 백광으로 퍼지는데, 특히 이 대각선 암흑하고 대비되어 더 강렬하고 좋아. 그 태양 사진인가?" 명철이 화판을 가리키며 물었다.

"바로 그거야. 여기 있어 전에 그 사진. 두 개를 좀 비교해 볼래? 내가 생각해도 효과가 좋았어. 이 불빛!"하고 광호는 자신이 이사 온 후 이 작업에 대단히 열중했다고 생각했는데, 그러자 이상하게도 우울해졌다. 광호는 사진과 그림을 멍한 시선으로 바라보면서 멍울진 듯한 명치끝에 가만히 손바닥을 가져다대었다.

불타는 빛이 우울하기 때문일까? 하고 그는 생각했다.

"지구만한 불 폭풍이 분다니 원, 만약 그 가운데 서있으면 어떤 기분일까?" 명철이 머리를 절레절레 흔들다가는 자기 어깨 너머로 광호의 눈을 쳐다보며 물었다. 광호는 쓸쓸하게 웃기만 할뿐이었다.

"유럽우주기구는 3일 '태양 토네이도' 사진을 공개, 양극 부분을 중심으로 최소한 12개의 토네이도가 있으며 그 속도는 최고 시속 50만 킬로미터에 이른다고 발표했다. 우와, 그 정도 속도면 도대체 얼마나 빠른 거야? 대단하군, 대단해. 이게 그 토네이도네. 지구만한 크기? 상상이 돼? 지구만한 불덩이 바람?"이라며 명철은 광호의 작품과 신문 사진을 번갈아 치켜들어 감상했다.

"그런데 왜 이런 것을 그려?"

"멋지잖아. 아주!"하고 대답한 광호는 다시

어두운 마음이 빈 몸통 아래에서부터 차갑게 차올라오는 느낌에 휩싸였다.

"실은……."

"실은 뭐?"

"아니야. 나도 모르겠어. 난 다음에는 유로파를 그리려고 해."

"유로파?"

"물로 된 위성이래."

"오오? 물로 된 위성?"

"음. 목성의 유로파는 말이야 꼭 하얀 당구공처럼 생겼는데, 공전 때 생기는 마찰열로 표면이 터진다는구면. 그 갈라진 곳으로 물이 솟구치는 것인데, 금방 얼어버려서 마치 일부러 그어놓은 것 같은 줄무늬가 생겼다는 거야. 표면의 온도가 영하 130도! 너무 추우니까, 끓는 물이 솟구치며 그 모양 그대로 얼어버리지. 신기하지 않아?"

"태양의 열 폭풍 하고는 정반대로구나?"

"그렇지. 그래서 다음엔 유로파를 그릴거야."

"그러나 이런 걸로는 돈을 벌 수 없어. 넌 어디까지나 목수가 되기로 한 거잖아?"하고 명철이 웃으면서 벌떡 일어났다. 그의 왼손으로부터 작품 패널이 덜그럭 하고 던져지듯이 떨어졌다.

"어머, 또 쏟아지네. 이러면 정말 화이트 크리스마스네." 지영이 김치를 꺼내면서 외쳤다.

"눈 더 오면 안돼. 오늘 가야 한다구!" 명철이 부엌으로 들어서며 말했다.

"웬 김치를 이렇게 많이……." 광호가 다른 김치 봉투를 들어보며 말했다.

"광호씨 나 김장 하는 선수다. 알아요? 저번에 엠마오에서 얼마 담근 줄 알아?"

"얼마나요?" 광호는 놀란 아이처럼 눈을 크게 뜨며 물었다.

"삼백 포기야. 삼백."하고 지영이 왼손가락

셋을 펴서 자랑스럽게 들어보였다.

지영은 도시빈민구제활동을 대학생 때부터 7년째 해오고 있고, 이젠 아예 직업도 사회복지사였다. 민아의 과 선배이기도 한 그녀는 광호와 민아가 만날 수 있던 고리 역할을 한 셈이었다. 늘 푸르고, 굳세고, 기품 있는 처녀였다.

지영은 좀 크다 싶게 포기김치를 숭덩숭덩 썰어 김치 통에 척척 담아나갔다.

"아쭈, 벌써 삭기 시작했나? 제법 김치 맛이 나네. 음."

"아이, 손으로 그렇게 집어먹지 마! 그럼 김치가 김치 맛나지. 안나?" 지영은 명철을 팔꿈치로 걷어내며 핀잔을 주었다.

광호는 입에 도는 군침을 삼켰다. 어렸을 때 네 식구가 아랫목에 둘러앉아 동치미 국물에 밥을 말아 먹던 컴컴한 겨울 저녁으로 돌아간 기분이 들었다.

"자, 이렇게 베란다에 내놓으면 당분간 싱싱한 맛 그대로 먹을 수 있을 거야. 흠." 지영이 환한 미소를 띠우며 말했다.

"혼자서 저걸 다 먹을 수 있을까요, 선배?" 하고 광호가 묻자 지영은 미소를 거두며 잠시 애처로운 표정으로 광호를 쳐다보았다.

어느새 밖은 캄캄했다.

담배를 피우고 선 명철이의 귓가로 휙휙 세찬 바람이 눈가루를 휘날리며 몰아쳤다.

"우우, 겨울바람 쎄긴 세구나."하며 명철이 올린 어깨를 부르르 떨었다.

언덕 아래 멀리 대로를 따라 질주해 달아나는 자동차들의 붉은 미등 빛이 은하수처럼 아련히 떠올라 보였다.

어느새 지영은 거실 가운데에 불판을 차렸고, 삼겹살 조각들을 척 척 올려놓고 있었다.

"으음, 고소한 냄새." 광호가 술병 담은 쟁반을 식탁 위에 내려놓으며 외쳤다.

"아쭈, 언제 샐러드도 만들고, 된장국도 있네. 하하하. 역시 살림꾼이야."하고 명철이 약혼녀의 어깨를 살며시 감으며 그 옆에 주저앉았다. 지영은 이마로 처진 머리카락을 손목으로 걸어 올리며 흡족한 미소를 지었다. 화장기 하나 없는 통통한 볼 살이 발그스름했다.

"어서들 들어요." 지영이 새색시답게 수줍어하며 권했다.

"광호야, 이사 다시 한 번 축하하고, 메에리 크리스마스."

"고마워. 메리 크리스마스. 흐흐. 냉담자이긴 하지만." 광호가 뒤통수를 문지르며 멋쩍게 맞장구쳤다.

"지영씨도 한 잔 하지?"

"운전하라메?"

"이 추운 휴일에 음주 운전 단속하면 사람들이 뭐라고 할까?" 명철이 찰랑찰랑 따른 소주잔을 허공에 든 채 묻더니, "염려 마. 운전은

내가 한다! 단속 따윈 없어."하고 선언하며 단숨에 소주를 입 안에 부어 넣었다.

"야, 말도 안 되는 소리 마."하고 광호가 다짐을 주었다.

"넵 뒈요. 말만 저러지……. 흥."

"지영 선배는 맥주로 드세요."하고 말한 광호가 냉장고를 향해 일어서려는데, 지영이 팔목을 잡아당겨 그를 끌어 앉히고 나서, "몇 잔 정도는 괜찮을 거야. 술 깨면 가지 뭐."한다.

광호는 지영에게 술을 따라 주었다.

"야, 광호야 너 우리 축제 때 강남여고 하고 연합전시회 하던 기억나나?"하고는 한 잔 소주를 단숨에 털어 마신 명철이 또 광호에게 잔을 건넸다.

"그랬어?" 지영이 고기를 뒤집으며 물었다.

"2학년 땐가? 한 여자애가 광호 좋다고 따라다니고……. 후후. 내가 그 스토리 알지."

광호는 쑥스러워 픽 한번 웃었다.

"하긴, 그때는 더 여리여리하게 예뻤겠지? 호호호." 지영이 광호의 턱을 받드는 시늉을 하며 웃었다.

"이제, 장가 가야지이. 어험: 애도 낳고, 일도 하고. 광호 너는 나랑 사업 시작하면 돈 셀 일 만 남은 거야. 어험."하고는 명철이가 다시 잔을 들어 술을 들이켰다.

이 녀석 마음 씀이 고마운 건가? 이 자문은 몹시 낯설었다. 마음속에도 단단한 가면이 있나보다. 그걸 쓰면 또 그 정도로 비껴 갈 수 있는 심리의 흉물들이 있는 모양이다. 외면하고 싶다. 쓸쓸하더라도 피하는 것이 더 낫다. 광호는 명철이의 불콰한 얼굴 위로 형의 얼굴과 학원장의 얼굴이 불쑥불쑥 겹친다고 느꼈다.

광호는 조금 몽롱한 기분이 들었다. 그러자 문득 민아와 경주로 여행가서 안개 낀 새벽길을 따라 퇴락한 돌 성벽 밑을 걷던 기억을 떠올리게 되었다. 그때 명철이 마치 광호 마음을 고스란히 들여다보고 있었다는 듯이 버럭 소리를 질렀다.

"민아는 잊어!"

광호는 가슴이 싸늘하게 아파왔다. 민아의 모습이 차가운 돌담에 겹쳐져서인지, 명철의 우락부락한 표정이 던지는 위협 때문인지, 당황한 지영이의 불안 때문인지 무엇 때문인지는 몰라도, 짙은 우울은 까맣게 일렁이는 우물 속처럼 깊어지고 있었다.

"명철씨, 우리 술 천천히 마시고, 그런 이야기는 하지 말자. 오늘 광호씨 집들이잖아." 지영이가 달래듯이 말했다.

광호는 구운 고기를 김치에 말아 입에 넣고 우적우적 씹었다.

"술 마셔 오늘 화끈하게 마시자."하고 잔을 드는 명철은 점점 깊게 취했다.

요즘 유독 속상한 일이라도 있었는지, 아니면 사업 파트너라는 내가 마뜩찮다는 표현을

저렇게 하고 있는 것일까?

광호는 돈 셀 일만 남았다고 하던 명철의 목소리를 되새겨본다. 돈 셀 일이란 어떤 일일까? 돈더미 속에 파묻힌다는 말인가? 그럼 따위나 취미 붙여가지고는 엄두도 낼 수 없는 그런 돈 세상이 있는 걸까? 돈 셀 일. 돈 셀 일.

고개 숙인 광호를 향해, "광호씨 너무 맘 아파하지 말고 일 열심히 하면서 좀 시간을 가져봐." 지영이 작은 목소리로 말했다.

"고마워요."하고 광호가 말하는데, "뭔 시간을 가져봐? 그 따위 쌍……." 명철이 또 잔을 쭉 들이켠다.

"야, 명철아, 너 정말 왜 그래? 내가 뭐 잘못했니? 민아 얘기는 왜 꺼내는 거야?" 광호가 마침내 잔을 내려놓으며 정색을 하고 따졌다.

"시끄러워 인마. 민아 걘 안돼. 니가 지금 어린애도 아니구. 난 도대체가 그런 집구석은 구역질 난다구. 구역질! 솔직히."

명철은 민아의 아버지인 김소장이 방송 출연에나 힘을 쏟는 연예인이며, 그의 집안은 대대로 친일파였을 뿐만 아니라 해방 후에는 일본 자본으로 한국의 단물을 빠는데 앞장서는 악덕 재일교포 장사꾼에 불과한 매판 자본의 깡패무리들이라며 흥분해서 성토하다말고 가래침을 돋우어 뱉곤 했다.

　　광호는 그의 결곡한 성품을 친구로서 자랑스러워하고 존경했지만, 동시에 그 성품의 기반이 되는 열등의식이 탄로날까봐 불안하기도 했다. 그것은 광호 자신의 경멸이 어느 쪽으로 튈지 모르기 때문이었다. 열등의식에 사로잡힌 재능 있는 젊은이라면 자존심을 포장하기 위해 도덕에 매달리게 된다. 그러나 도덕은 오히려 기득권이 베푸는 시혜에 불과한지도 모른다. 저 사람 가진 건 없지만 정직하고 똑똑해. 법 없이도 살 놈이잖아? 즉, 머슴으로 부리기 좋다는 뜻이다. 그래도 그 덕에 세상에

틈입할 기회가 주어지는 게지. 이건 일종의 사회적 묵계 아닐까? 광호는 취한 친구를 지그시 바라보며 생각했다. 그 묵계에서 빠져나오고 싶지만 그것이 잘 안 된다는 것을 아니까 우리는 이다지도 서먹서먹한 것일까?

친구의 변심한 애인이 가치 없는 존재라는 것을 확인시켜주는 것이 사내다운 의무라고 믿는 명철에게서 광호는 싸구려 연대의식을 느꼈다. 얼마나 고맙고, 또 흔해빠진 의식인가? 그는 자문하고 또 수긍하는 자신에게 화가 났다. 그것은 민아라는 존재가 명확한 싸구려 구도 속에서 빤하게 이해될 수 있다는 간단함 때문이었다. 따지고 보면 연애 감정이란 것이 별것도 아니다. 그렇지만 이 간단함은 너무 무자비하고 무식하다. 그러면 무언가 허물어지고 마는 것이 아닐까? 생각에 잠겨있던 광호가 낮은 목소리로 또박또박 말했다.

"명철아, 니가 나에게 뭔가 강력하게 충고

하고 싶은 모양인데, 나 좀 혼란하거든. 지금 서푼짜리 세태에 대해 이야기하는 것이라면 그건 다음에 하자."

"세태? 그래 그거. 공정사회는 무슨 얼어 죽을 공정사회야? 개자식들!"하고 명철이 외쳤다.

"정말 이럴 거야?"하고 지영이 나서면서 보란 듯이 통통한 팔목을 걷어 올렸다.

"허어, 이거 무서워서……." 명철이 술잔을 광호에게 건네면서 씩 웃었다.

"이 자식들이 군기가 쏙 빠져가지고, 그렇게 여러 번 말했으면 알아들어야 할 것 아니야."

"하하하."하고 광호가 웃었다.

"후후후."하고 명철도 어깨를 움츠리며 조심스레 웃었다.

집들이 저녁은 다시 유쾌해졌다.

"지영 선배, 그냥 놔둬요."

"그래⋯⋯. 그럼 설거지는 광호씨가 해."

"네."

"어어, 취한다." 명철이 광호와 지영 사이에 털썩 주저앉았다.

세 사람은 소파에 나란히 깊게 누워 술이 깰 동안 쉬었다.

명철과 지영은 마주보고 승용차 위에 수북이 쌓인 눈 더미를 팔을 뻗어 번갈아 쓱쓱 헐어 내렸다. 차는 눈 덮인 언덕길을 느리게 미끄러지듯이 내려갔다. 운전석에 앉은 지영이 차창 밖으로 손을 뻗어 흔드는 모습이 쏟아지는 눈발에 가려졌다.

거실 창을 그대로 열어 둔 채, 광호는 미디어플레이어의 변화하는 무늬들을 바라보며 70년대 팝송을 들었다. 어두운 광호 얼굴 위로 모니터에서 쏟아지는 불빛이 희미하게 어른거렸다.

광호는 모니터를 물끄러미 바라보며 그 천

변만화의 기묘한 형상을 따라 우주 속으로 날아가고 있다고 상상했다. 그는 리듬에 맞춰 비행을 하며 묘하게도 차츰 적막감에 휩싸였다.

열린 창으로 눈보라가 쏟아져 들어오게 방치하고 있는 자신의 몰골은 막막해보였다.

온통 얼어버려라. 될 대로 되라지! 부엌에서 냉장고가 부르르 떨었다. 그리고는 다시 잠잠해졌다. 거실은 어두운 카페에 놓인 어항 같았다. 휘익휘익 찬바람이 쏟아져 들어왔다.

광호는 우주선체로 바뀌어 계속 전진하고 있었다. 그러다가 우주선은 목성의 둘레를 돌고 있었다. 광호는 하하하 웃고 말았다. 목성의 중력에 붙들린 채 맴돌고 있는 자기 몰골이 우스웠던 것이다. 목성은 세련된 표정으로 말했다. 자신의 지표 온도는 섭씨 영하 100도를 훨씬 밑돌고, 자신은 너무 크고 넓어서 거대함의 신이신 주피터로 불린다는 것이었다.

캄캄한 우주는 춥고 적막했지만, 별들이 뿌

려대는 빛 가루로 아름다웠다.

목성의 주변 만 맴돌던 광호는 어느새 그 옆의 작고 허연 별 쪽으로 점점 다가갔다.

그는 신비한 힘에 끌려 유로파 주위를 빙글 빙글 돌았다. 어디선가 방울 소리가 울리기 시작했다. 그 소리는 물이 담긴 영롱한 유리잔을 두드리듯이 맑게 빛났다. 소리의 구슬들이 반짝이며 검은 공간으로 흩날리고 있었다.

광호는 유로파의 얼음 크레이터를 따라 날아갔다. 그의 눈에선 강렬한 핏빛 광선이 뿜어져 나왔다. 그 빛에 얼음은 녹아 깨지고 더운 물줄기가 솟구치더니 곧바로 다시 얼어붙었다. 솟구치던 증기가 사라지면 얼음의 꺼풀이 쌓이고 있었다. 눈빛과 뜨거운 물기둥과 쌓이는 얼음 계곡은 끝없이 이어졌다. 광호는 능력을 발휘하는 자신의 눈빛이 간절하게 농축된 기억이라고 확신했고, 희망을 느꼈다.

"희망! 이 행복한 단어는 얼마나 창백한가?"

광호는 꿈결에서 뇌까리며, 자기가 방금 만
든 문장을 사랑하고 싶었다.

그때 아주 커다란 눈빛이 거대한 크레이터
를 가르고 폭발시켜 큰 물줄기를 터뜨렸다. 끓
는 물은 검은 공간의 추위도 아랑곳없이 힘차
게 솟구치다가 부드럽게 흩어지며 차갑게 식
어갔다. 따스한 김이 얼어가는 자기 물들을 어
루만질 때 기묘한 곡선의 꺼풀들이 반짝이며
얼어붙고 있었다.

광호는 이 얼음 계곡 속으로 가까이 다가갔
다. 얼음 계곡은 반사되는 빛으로 온통 찬연했
으며 그 장엄함은 암흑의 하늘 아래에서 끝없
이 뻗어나갔다. 광호은 이 얼음 계곡을 비틀거
리며 걷고 또 걸었다. 이렇게 걷다가 그는 만
나야만 할 그 누군가를 꼭 만날 수 있을 것이
라는 희망을 느꼈다. 이쪽저쪽에서 얼음벽을
뚫고 맑고 더운 물이 퍼져 나오다가는 곧 말라
버린 눈물처럼 굳어갔다. 별빛을 받은 얼음들

은 우주의 어둠과 고요 가운데에서 반짝였다. 아름답고, 외로웠다. 광호는 이렇게 빛나는 고독의 빛을 이해할 수 없었다. 고독이 누적되어 절망을 가르치는 것이 아니란 말인가? 그것은 오히려 아름답다는 말일까? 이건 또 어떤 잔인함일까? 광호는 계곡 가운데 우뚝 섰다. 별들은 언제까지나 최후를 기억하기로 결심한 듯이 비장해 보였다.

그때 광호는 얼음벽 안의 따스한 물 안에서 그를 향해 미끄러지듯이 다가오는 여인을 보았다. 그녀는 신비한 여인이었다. 다른 차원의 생명이었으며, 이런 불가사의를 꿈속에서나마 이해하려는 자신의 우둔을 슬퍼하는 것처럼 보였다. 광호는 그 여인의 안타까움을 강하게 동감했다. 그건 차가운 얼음 위로 흐르며 절망적으로 타오르는 강한 고통이었다. 아무리 아름답더라도 그 고통은 절망을 향하고 있었다. 광호는 나이를 짐작할 수 없는 이 여인을 끈질

기게 바라보았다. 하지만 그녀는 형체가 아니었다. 생명을 얽는 따스함을 가진, 그러나 몸도 없고, 한마디 말도 없는 이상한 기운이었다.

광호는 조용히 얼음벽에 뺨을 붙였다. 차가운 얼음이 자기 살의 온기에 녹아 부드럽게 뺨으로 흘렀다. 뜨거운 눈물이 흘러내리자 광호는 얼음벽에 얼굴을 비비며 용서를 빌었다. 눈가로 검은 별빛의 계곡 풍경이 번졌다. 마침내 얼음벽이 갈라지고 따스한 물이 그를 덮쳤다. 광호는 뜨거운 물에 휩쓸려 숨이 막혔다. 이 모든 생명이 이 모든 죽음 안에 있다니! 광호는 얼어가는 물속에서 구르고 발버둥치다 점점 굳어갔다. 그는 뻣뻣하게 얼어붙는 자기 육신을 숨죽여 지켜보았다. 그리고 갇힌 얼음 너머로 암흑의 우주 위를 흐르는 강을 쳐다보았다. 그 물 위로 투명한 나룻배를 타고 미끄러지듯이 흘러가는 어머니가 언뜻 보였다. 어머니는 뱃전에서 그를 내려다보았다. 사공도 없는 허공 위의 배에서 어머니의 형체는 투명한 선으로 어렴풋이 서있었다. 별빛이 빛날 때마다 나타났다가는 사라져 버리는 선 위로 가냘픈 빛이 빠르게 미끄러졌다. 광호는 서러움도, 기쁨도 함께 모두 씻어내며 아름다운 죽음과 서서히 작별하고 있다고 생각했다. 영원한 사랑도 함께.

7.

맑고 따스한 날이었다. 명철과 지영이 결혼
을 했다. 주례사를 듣고 서있는 그들을 바라보
던 광호는 민아를 몇 번 떠올렸지만, 그리워서
마음이 아프거나 하지는 않았다.  광호는 곧
명철이와 시작할 사업이 어떻게 발전 할 수 있
을까 머릿속에 그려보았다. 그러다보니 벌써
식이 끝나 있었다.

8.

거리는 녹는 눈으로 질척거렸다.

신혼집은 녹번동의 한 아파트였는데, 전철
역 출구에서 바로 건너다 보였다.

"어서 와라. 니 집에서 얼마나 걸리디?"

"한 시간 반 걸렸네."하고 막 신을 벗고 올
라선 광호가 지영에게 선물을 내밀었다.

"어머. 역시 총각이 다르다!"

"겨울에 꽃이라. 대단하군."하고 명철은 지
영이 들고 있는 장미 다발을 굵은 손가락으로
이리 저리 뒤적였다. 흰색, 붉은 색, 노란 색
장미 사이에 흑장미도 섞여 있었다.

곧 고교 동창들이 몰려왔다. 먼저 온 두 사람은 광호 눈에 익은 얼굴들이었다. 나머지 차례로 들이 닥친 넷은 기억이 가물가물했다. 저녁 6시 반 쯤 마지막 친구가 도착했다. 역시 그도 광호에게는 낯설었다.

"너 누구지?"하고 그가 광호와 악수하며 왼손 검지로는 광호의 미간을 겨냥한 채 물었다.

"최광호. 넌?"

그러자 그가 빙그레 웃기만 할 뿐 대답도 없이 손을 풀었다.

명철이가 대신 그를 아무개 변호사라고 소개했지만 광호는 잘 알아듣지 못했다.

"누구라고?" 광호가 다시 물어보았다. 그들은 못 들었는지 다른 친구들과 악수를 나누느라 정신이 없었다. 볼 살이 두툼한 그 동창 변호사는 근육질의 몸매에 어울리지 않는 새된 목소리를 가지고 있었다. 그는 친구들을 직업으로 부르는 버릇이 있어서, 야, 조달청. 넌 왜 그렇게 보기 힘드냐? 야, 공인. 넌 골프 자주 치니? 야, 치과. 환자 많아? 니들 둘은 증권이면서도 서로 모르냐? 어쩌면 이 방식이야말로 매우 편리한 것일 수도 있었다. 그러다가 그는 뚜렷한 이유도 없이 한참 웃어댔다. 소리 없는 웃음이었다.

치과 의사가 골프에 대해 열변을 토했다. 이어서 공인회계사가 주식과 절세에 대해 떠들더니, S전자 대리는 일본과 독일 자동차의 성능 비교를 했다. 술이 거나해질 무렵부터는 주로 명철이와 변호사가 말을 주거니 받거니 하고 나머지는 그저 듣는 쪽이었다. 동창회는 누가 맡고 있고, 누가 누굴 잘 알고, 누가 무슨 직함을 얻었고, 누가 잘나간다. 교육 문제, 노사 문제, 법질서를 들먹일 때는 벌써 술자리가 파하는 분위기였다. 술자리는 2시간 만에 끝나고 주섬주섬 일어들 났다.

"제수씨 케이크는 뒀다 드시고, 우린 갑니

다. 아 배불러. ㅎㅎㅎ."하고 변호사가 앞장서
자 다들 줄레줄레 따라 나섰다.

　　전철역 입구에서 다른 친구들을 보내고 명
철은 광호의 어깨를 툭 치며 "맥주 한 잔 더 하
고 가."라고 했다. 목소리가 착 가라앉아 피로
가 묻어났다.

　　"벌써 다 치웠어?"하고 명철이 텅 빈 거실을
휘둥그렇게 둘러보았다.

　　지영이 식탁에 앉아 둘을 쳐다보며 슬며시
웃다가, "커피?"하고 담뱃재를 털며 물었다.

　　"맥주 한 잔씩들 하자구." 명철이 대답했다.

　　"아니, 커피나 한 잔 하고 나도 가서 쉴래.
너무 멀어서 전철서 졸지나 않으려나."

　　"그래. 그럼."하더니 명철은 안방으로 건너
갔다.

　　"광호씨는 따분했지?"

　　"……"

　　광호는 식탁 앞에 앉아 씁쓸하게 미소 지으

며 괜찮다는 뜻으로 머리를 가로저었다. 그러다가 근육질의 변호사가 잘난 척하며 소리 없이 웃던 꼴이 떠올라 소리 내어 웃기 시작했다.

"옆에서 듣고 있으면, 다들 바보 같다니까. 어이없지."하고 지영도 담배를 눌러 끄고 커피를 따르며 왜 광호가 웃는지 알만하다는 듯이 끄덕였다.

둘은 한동안 말없이 커피를 마셨다. 향이 좋았다. 광호는 거실 창밖으로 부산한 불빛의 거리를 내다보며 졸리고, 나른하고, 어쩐지 쓸쓸했다.

"민아⋯⋯. 연락 왔었어. 잘 있으라며."

광호는 지영 선배를 향해 번쩍 고개를 쳐들었다. 민아는 다음 주 수요일에 출국 예정이었다.

"걔도 힘들 거야. 자꾸 생각나서 지치고 그리고 상처입기 두려운 그런 기분. 이해해."

끝말은 애매했다. 공감인가? 권유인가? 그
녀는 비밀을 털어놓는 듯 나직나직 말했다.

광호는 무슨 말로든 대답해야한다고 생각
했지만 그렇게 하지 못했다. 지영의 말은 위로
를 몹시 피곤하게 표현하는 방식이었다. 그렇
다고 그런 말을 꺼내는 지영이 주제넘다고도
생각되지 않았다. 그저 공허했다. 그런 무의
미 가운데 막막한 느낌으로 마냥 붙잡혀 있어
야 하는 기분이었다. 관계란 결국 공허하게 변
하고 마는 것일까? 사람들은 대체로 신산한 때
를 견디면 언젠가 즐길만한 때로 보상 받을 것
이라고 믿고 가르친다. 그렇게 상투적으로 위
로하며 살아들 가지만, 진실은 사람들이 이 실
없는 삶을 다른 방식으로 탐색해 볼 능력이 거
의 없는 것이다. 얼마나 우스꽝스러운가? 세상
살이의 한계는 명확하고, 마음도 결국엔 현실
적인 것에 불과하고, 이렇듯 매몰되어 천박해
지는 것이 인간적 가르침의 전부라면, 구원이

란 전혀 인간적이지 않아야 할 것이라고, 광호
는 그렇게 속으로 마구 화를 내면서 커피 잔을
쏘아보았다.

9.

아침이었다. 숲과 바위 위로 퍼지는 맑은 햇살 사이로 매서운 바람이 눈가루를 휘날렸다. 밤새 추위는 하늘을 더 더욱 새파랗게 얼릴 뿐이었다. 텅 빈 놀이터도, 언덕 너머로 뻗은 아스팔트길도, 창백하게 얼어붙은 그 꼴 그대로 마냥 웅크려 있었다.

광호는 다시 침대에 벌렁 누웠다. 초침 소리는 날카로웠다.

이래선 안돼. 이래선 안돼.

이렇게 마음속으로 반복하며, 광호는 천장의 대각선을 따라 자기 눈길을 초침 소리 간격에 맞춰 조금씩 조금씩 이동하는 짓으로 오전을 보냈다. 나중에는 무엇이 안 된다는 건지 스스로 의아할 지경이 되었다.

오후 한 시를 넘었다.

두 시를 넘었다.

세 시가 다가오고 있었다.

출국 수속이 있으니까, 지금쯤 집을 나섰을까? 아직 아닐까? 잠시 후면 나설까?

광호는 마지막으로라도 민아를 한번 보고 싶었다. 하지만 꾸준히 훌륭하게 참아왔다. 작년 말 압구정 카페에서 겪었던 그 어색한 침묵도, 흘끗흘끗 엇갈리는 서로의 시선도, 결국엔 그저 환멸로 된다는 것을 경험했기 때문이었다.

그러나 마침내 그는 벌떡 일어났다. 집을 나서서 놀이터 앞을 지나 언덕 아래로 바삐 걸어갔다. 자신의 허연 입김이 허공으로 날숨에 맞춰 토해졌다. 숨이 가빴다. 목도리를 느슨하게 풀고 파커 지퍼를 조금 내렸다. 우뚝 서서 새파란 하늘을 보며 숨을 한번 몰아쉬었다.

거기서 광호는 다시 집으로 되돌아와 청바지까지도 벗어 던지고 침대 위로 나자빠졌다. 엠피쓰리로 러시아 노래인 '청년 장교'를 들었다. 햇살이 쏟아지는 창을 쳐다보다 음악을 껐다. 수요일 오후 산자락에 파묻힌 아파트 단지는 고요했다. 초침소리가 또 그에게 말을 붙여왔다. 그는 불현듯 이불을 걷어차고 일어나 샤워를 했다. 뜨듯한 물이 머리카락 사이로 스며들었다. 마음이 무거웠다. 그는 발작적으로 냉수를 틀고 이를 악물고 견뎠다. 그러자 광적인 너털웃음이 터져 나왔다. 시커먼 웃음이 울컥울컥 게워지다가 흐르는 물에 씻겨 수챗구멍으로 말려들어가는 꼴이었다.

광호는 실크 셔츠와 회색 싱글을 입고 묵직한 검은 모직 외투를 걸쳤다. 거울 앞에서 잠시 망설이다가 붉은 타이를 풀고 갈색 목도리

를 둘렀다. 그는 잠시 거울을 흘겨보고 서있었
다.

버스로 갈아타기 전 광호는 휴대전화를 열
어보았다. 민아의 전화는 끊겼을지도 몰랐다.
그는 텅 빈 전철 한구석 의자 끄트머리에 엉덩
이를 살짝 걸친 채 거의 드러누운 꼴로 앉아
덜컹덜컹 흔들리며 실려 갔다. 자기 시야를 덮
고 있는 눈꺼풀을 보았다. 거기엔 불그스름한
빛이 퍼져있었다.

"안되애. 안되애."

그는 계속 작은 소리로 중얼거렸다. 광호는
무슨 말인가를 하고 싶었지만, 자기 자신을 포
함해서 그 누구에게도 자기가 하려는 말을 들
키고 싶지 않았다. 눈을 지그시 감고 방기한
상태로 실려 가는 기분은 피로와 서글픔을 자
아냈다.

공항터미널은 거대한 우주 정거장 같았다.
대리석 바닥에 바짓단과 구두가 흐릿하게 비

쳐보였다. 에스컬레이터가 침착하게 오르내리고 있었다. 바닥청소차가 소리 없이 저리로 지나갔다 되돌아오곤 했다. 광호는 에스컬레이터를 탔다. 오른손으로 검은 벨트를 짚고 가만히 선 채 위로 위로 오르면서, 광호는 머리를 흔들어댔다.

민아는 S항공사 비행기를 탈 예정이었다. 광호는 안내판을 보고 그 항공사 출국수속대로 천천히 걸어가다가 화장실에 들러 손을 씻었다. 눈은 충혈 되었고 입술은 하얗게 타들어간 사내가 거울에 비쳤다. 작은 얼굴 아래로 코트에 쌓인 몸피가 꼭 곰 같았다. 광호는 외투를 벗어 왼팔에 걸쳐 들고 멍한 상태로 걸었다. 걷다 보니 에스컬레이터 앞이었다. 천천히 오르고 있는 계단을 물끄러미 보고 섰던 그는 꼭 보고 싶다면 멀찍이서 슬쩍 훔쳐보는 것이 더 낫겠지만, 그나마 소용없는 짓일뿐더러 어쩌다 민아 엄마라도 마주친다면 고역일 것이라고 생각했다.

광호는 다시 걷기 시작했다. 긴장 속에서 천천히 걷다보니 긴장에 눈이 가려 어디로 가는지도 모르고 다시 멍청해졌다. 저쪽 너머에 S항공사의 수속대가 보였다. 그는 두리번거렸다. 민아가 보이면 얼른 몸을 숨기리라 다짐하며 조마조마한 심정으로 눈동자를 돌리고 있었다. 그러나 조금 더 다가가 보니, 이상하게도 그곳은 S항공사가 아니라 A항공사였다. 온통 그 회사의 출국 수속대 뿐이었다. 광호는 다시 걸었다. 공항 안내 게시판 앞에 섰던 그는 다시 움직였다. 방향을 잡고 가다가 또 에스컬레이터 앞에 우뚝 섰다. 왜 자꾸 이리로 돌아오게 되는 걸까? 이상한 일이었다. 옆으로 대리석 바닥을 윤이 나게 닦으며 청소차가 느리게 지나갔다. 그 차 위에 타고 앉은 중년 사내는 굳은 얼굴이었다.

"돌아가자!"하고 중얼거린 광호는 오른손으

로 이마의 땀을 훔쳤다. 말은 그렇게 하면서도 S항공사를 찾아 또 터덜터덜 걷고 있었다. 그는 지쳤다.

마침내 전화를 걸었다. 민아의 컬러링이 울렸다. 그 비트 강한 펑크 음악이었다. 왜 이런 것을 좋아하지? 갑자기 광호는 예전에 서로가 모든 것을 간섭하고 명령하고 다그쳐서 날마다 달콤하게 조금씩 자기 것으로 길들이며 조여 가던 그 희롱의 느낌에 탐닉했던, 그때의 민아를 생각했다. 그러자 폭발적으로 화가 났다. 왜 전화를 받지 않는 거야! 어느덧 그는 다시 아까의 A항공사 앞에 와 서있는 자신을 발견했다. 어이없었다. 광호는 돌아서서 뛰었다. 휴대전화를 호주머니에 쑤셔 넣고 외투를 걸치고 달렸다. 사람들이 주춤주춤 비키면서 그를 바라보았다. 마침내 광호는 자기 앞에 버티고 서서 천천히 오르고 있는 에스컬레이터를 쳐나보며 막다른 계곡에 몰려 포위된 사냥감처럼 헐떡거리고 서있었다.

명철의 오피스텔이 있는 광화문까지 버스를 타고 온 광호는 그에게 전화를 걸었다. 받지 않았다. 광호는 눈앞에 보이는 지하 중화요리 집으로 내려가 군만두를 시켜 배갈을 빨리 빨리 마시며 두 번째 전화를 걸었다. 세 번째 전화를 걸었다. 마침내 명철이 전화를 받았다. 수화기로 시끌벅적한 소리가 섞여 들렸다.

"저녁 먹고 있는데……. 무슨 일이야?"

그때 야, 공인 마셔! 하는 목소리가 수화기 너머로 들려왔다.

명철이 잘 안 들린다고 말할 때, 그냥 폴더를 접은 광호는 바로 건너편에 보이는 카페에 올라 위스키 한 잔을 주문했다. 아주 예쁘고 어린 여자가 재바르게 술을 한 잔 따라 주었다. 그제야 언 손과 귀가 훈훈하게 녹아왔다.

"참 춥죠?"하고 소녀가 쌩끗 웃으며 물었다.

광호는 고개를 끄덕끄덕하며 덩달아 웃어

85

주었다.

"한 잔 더 줘요."

"네."

카페엔 손님이 없었다. 스탠드 너머의 벽은 온통 타일처럼 네모난 거울 조각이 붙어있었다. 광호는 위스키를 따르고 있는 소녀 어깨 너머로 비치는 자신의 검붉은 얼굴을 바라보았다. 간혹 소녀는 미소 띤 얼굴로 그를 마주 보곤 했다. 그 어정쩡한 미소는 너무 노골적인 시선을 받기가 멋쩍다는 항의 같았다. 광호는 소녀의 조붓한 어깨 위의 해맑은 얼굴과 간혹 강하게 빛을 쏘는 작은 귀고리, 콧날, 목덜미에서 오종종하게 감아 빗은 생머리 너머로 거무스름한 자기 머리통을 건너다보았다. 그는 한숨을 푹 쉬었다. 그리고 앞에 놓인 술을 한 번에 들이켰다. 눈물이 찔끔 났다.

"천천히 드세요."

"아가씨도 한 잔 하겠어요?"

소녀는 머리를 흔들어 살며시 거절했다. 광호는 그 모습을 우울하게 쳐다보며 거울 속에 뭔가 비슷한 영상이 있다고 느꼈다. 그리고 그 정체는 치통처럼 무지근하게 감춰진 것이었다.

얼마 후 소녀는 번쩍이는 붉은 조끼 차림의 사내와 교대하고 나갔다.

광호는 다니던 회사의 뒷골목을 걷다가 단골이었던 선술집에 들어가 소주 한 병을 마셨다. 굳었던 몸이 좀 부드러워지는 것 같았다. 전등 빛이 이쪽저쪽에서 번쩍였지만, 겨울밤은 더욱 캄캄하기만 했다. 어둠이 너무 깊어 찬바람이 아무리 거세게 가로등을 흔들어대어도 그 빛줄기 하나 어둠 속에 휘저어 섞어주지 못하는 것 같았다. 직장인들이 2차를 마시려고 찾아 드는 시각이었다. 광호는 서둘러 그 골목을 달아났다.

종로 3가 지하철역으로 들어갔다. 지하철은

몹시 붐볐다. 술이 오른 광호는 휘청거리며 계단을 내려가다 마주 오는 어떤 사람과 어깨를 부딪쳤다. 욕설이 들렸다. 집으로 가는 내내 광호는 목이 말랐다. 전철을 내려 생맥주집을 찾아든 광호는 오백 씨씨 한 잔을 허겁지겁 들이켰다. 또다시 눈물이 찔끔 나왔다.

"누구 오시나요?"하고 여주인이 물었다.

"통닭 주세요."하고 광호는 히죽 웃었다. 여주인이 그를 잠시 살펴보고 사라졌다.

"소주 줘요!"하고 외친 그는 생맥주에 소주를 타서 마시기 시작했다. 민아가 그 앞에 앉아 있는 모습을 상상하던 광호는 다시 히죽히죽 웃고 있었다.

눈을 떴지만 캄캄했다. 광호는 더듬더듬 휴대전화를 들었다. 흐린 불빛으로 벗어던진 목도리, 외투, 슈트, 실크셔츠가 방바닥에 널브러진 꼴이 보였다.

민아에게 전화를 걸었지만, 이번에는 아예

연결이 되지 않는다는 안내가 들렸다. 며칠 뒤면 아예 없는 번호이니 확인해보라는 여자 음성만 울리게 될 것이었다. 단말기를 맥없이 툭 던져버린 광호는 민아의 초콜릿 닮은 휴대전화가 마치 죽어가는 생명체라도 되는 냥 하루 동안 어떤 치명적인 과정을 겪고 마침내 숨이 멈추게 되었다고 상상해보았다. 이제는 돌이킬 수 없었다. 앞으로는 기껏 풍문으로나 소식을 듣겠지. 그리고 그럴 때마다 상실감을 삭이며 태연한 척 하겠지.

두 손으로 눈두덩과 이마를 문지르며 그는 어둠 깊숙이 숨고 싶었다. 부끄럽고 서글펐다. 정말 쓸데없이 서두르며 쏘다니다가 흠뻑 취해버린 피곤한 날이었다. 조금씩 차오르는 숙취로 메스꺼웠다. 그는 다시 침대를 더듬어 간신히 단말기를 쥐어 살며시 폴더를 열어보았다. 단말기는 무슨 말인가 하려다 열린 채 굳어진 입처럼 그 모양 그대로 어두운 허공에 흐린 빛을 내며 떠있었다. 민아에게 늘 그렇게 쉽게 가닿았던 목소리의 통로가 이제는 완전히 끊겨버렸다. 무언가 마지막까지 박혀 있던 것이 기어코 쑥 빠져버린 것이 아닐까?

그나마 오늘 민아와 마주치지 않은 것은 다행인지도 모른다. 만약 주저주저하는 꼴로 들켰다면 그 추한 꼴을 어떻게 감당했을 것인가. 광호는 자학적인 기분에 젖고 있는 자신이 진저리치도록 싫었다.

"안되애. 안되애."

캄캄했다. 불을 켜고 어지러움을 참고 욕실로 가서 토했다. 울컥울컥 목을 막는 느낌이 썩 좋지 않았다. 침대로 돌아와 이불 속으로 기어든 광호는 이러다가 그만 죽어버렸으면 고맙겠다고 생각했다. 그러고 있자니 슬슬 졸렸다. 숨이 막혀 불쑥 깨었다가 다시 졸기를 반복했다. 물기에 젖은 유리창이 희끄무레하게 밝아오는 새벽에 그는 꿈을 꾸었다.

누런 올챙이가 차츰 커지더니 꼬리가 칼날처럼 번뜩였다. 까만 눈알이 냉혹하고 어쩐지 주둥이로 비웃는 듯한 자신만만한 모습의 그 날카로운 올챙이가 붉고 빳빳한 혓바닥을 있는 힘껏 기다랗게 뽑아내었다. 올챙이는 뽑은 혀를 시계방향으로 절도 있게 조금씩 돌리고 있었다. 붉은 침처럼 생긴 이 혀는 사실은 시계의 초침이었다. 그러고 보니 올챙이는 퇴색한 시간으로부터 출발하고 있었다. 되돌릴 수도 없고, 어떻게 잡아볼 수도 없던 과거라는 이름의 누런 시간이 바로 올챙이로 되었다가 차츰 가공할 힘인 칼날로 진화하고 있는 중이었다. 그 칼날 올챙이가 붉은 혀를 순식간에 쏙 내밀어 뭔가를 찍었는데, 사람의 머리통 같았다. 올챙이의 혀가 그 머리통에서 피 분수를 뿜어 올렸다. 그 머리통은 광호의 침실이었다. 그는 천장에 맺힌 암적색 핏방울들이 이쪽에서 저쪽으로 올챙이 꼬리의 회전에 따라 조금

씩 이동하다가 뚝뚝 떨어져 자기 얼굴을 적실
때 마치 득도라도 한 기분으로 계속 반복해서
외쳐 대기 시작했다.

"안 돼. 이건 모독이야. 모독!"

10.



대전 가는 내내 하늘은 흐렸다. 산등성 나무 위로 흩날리는 바람도, 버스 속 침묵까지도 온통 회색이었다.

수요일에 정신을 잃은 광호는 이틀을 꼬박 자리에 누워 지냈다. 우중충한 꿈들이 느리게 명암을 새겨놓는 지루한 시간을 보냈다.

광일은 광호가 그냥 침대 위에 자빠져 지낸다는 말을 하자 버럭 고함을 치더니 당장 내려오라고 외쳤다. 광호는 눈살을 찌푸리며 귀에서 수화기를 얼른 떼었다. 또 무슨 잔소리와 걱정이 쏟아질지 광호는 지레 불쾌해졌다.

오후 3시에 형의 아파트에 도착했을 때, 예상대로 집에는 아무도 없었다. 세 사람 중 누구에게 전화를 해서 비밀번호를 물어보나 잠시 망설였다. 지난번에는 금방 기억이 났었는데. 형수는 또박또박 비밀번호를 불러주었다.

"형 곧 가실 거예요. 저도 곧이요. 삼촌 뭐 드시고 싶으세요?"

광호는 별로 배도 고프지 않을뿐더러 곧 다시 서울 올라가야 한다고 대답했다. 그러면서 잊기 전에 번호를 입력해서 문을 열었다.

실내에는 먼지 한 점 없었다. 개수대는 물방울 하나 없이 윤이 났고 유리잔과 접시는 오와 열이 잘 맞춰져 있었다. 의자 네 개는 모두 식탁 모서리에 등받이가 살며시 맞닿도록 정돈되어있었다.

커튼이 드리워진 것도 아닌데, 거실은 저녁이 온 듯 컴컴했다.

광호는 냉수 한 컵을 오른손에 든 채 넓은

거실을 서성거렸다. 그러다가 식탁 옆의 자그마한 구형 TV를 켰다가 곧 꺼버렸다. 빈집은 다시 회색 침묵 속으로 빠져들었다. 형의 서재 문을 살며시 열어보았다. 창 앞에는 푸른 테이블보가 덮인 자그마한 책상이 있고, 그 옆에 커다란 회의용 탁자 두 개가 나란히 벽에 붙어 있었다. 그 위에 층층이 쌓인 케미스트리 학술지, 커피 찌꺼기가 말라붙은 잔과 금색 차 숟가락, 그 옆으로 플라스크, 비커 등이 마구잡이로 놓였다. 엄마 아빠 사이에 서서 환하게 웃고 있는 중학생 서하. 그 가족사진 앞에는 붉은 사과 모양의 양초가 있고, 그 옆에 세워진 액자 속에는 제약회사 로고가 선명한 실험실 가운을 걸친 채 카메라를 향해 V자로 손가락을 세워든 형수. 학위수여식에서 거대한 청색 우단 가운에 푹 파묻힌 꼴로 서서 날카롭게 바라보는 형의 얼굴.

책상에는 음악 시디가 가득 쌓였다. 광호는

시디플레이어를 켰다. 모차르트 레퀴엠인 듯하다. 음악 감상광인 형은 요즘 노상 이 곡을 듣는 모양이다. 이 집에서 유일하게 광일의 서재만큼은 어수선했지만 그래도 뭔가 부산하게 움직이는 천진함이 깃들어 있었다. 문 옆 벽에 지름 일 미터 가량의 둥근 액자가 걸려있다.

사실 광호는 이 액자 속 사진들을 보려고 형의 방으로 들어섰는지도 몰랐다.

그는 컵을 탁자 위에 내려놓고 액자 앞으로 다가섰다. 어머니와 아버지의 젊은 시절 사진 위를 만져보았다. 냉수 컵에 서렸던 물방울이 손끝에서 액자 표면으로 옮겨졌다. 두 사람 이마에 물이 묻었다. 이때가 한 사십 전후일까? 바랜 컬러 사진은 파스텔 색조다. 정원에서 찍은 사진이다. 광호는 얼마 전까지 살았던 그 집의 정원을 그려보았다. 지하실에서 먼지 낀 휘발유 통을 꺼내들고 나오던 자기 모습이 떠올랐다. 부부가 나란히 서서 햇살 때문인지 눈을 조금 찡그린 채 찍은 이 사진 옆에 아버지의 흑백 독사진, 그 아래에 고등학생인 형이 동생의 어깨를 짚은 모습, 그 옆에 스카프 두른 처녀 때의 엄마가 활짝 웃고 있는 작은 흑백 얼굴 사진, 그 아래에는 갑자기 늙어버린 어머니를 모시고 미국 어느 해변에서 찍은 광일의 사진이 있다.

광호는 부모의 독사진을 번갈아 응시하고 있었다. 젊은 아버지는 기름 바른 머릿결이 넓은 이마 가운데에서 약간 굴곡져서 관자놀이로 말려진 모습으로 미소 짓고 있다. 대각선 방향으로 쳐다보는 눈은 늘 낭만적인 일을 꿈꾸는 비현실적인 성격을 드러내는 듯했다. 아버지의 선대는 대구에서 꽤 알아주는 유지였던 모양이다. 할아버지는 내과 의사였지만, 무슨 이유에서인지 가까운 친지들이 그를 미친 사람으로 여겨 점점 멀리하게 되었다. 아마 약물 중독이었을 가능성이 가장 높다. 가세가 급

격히 기울었고, 마침내 뒷방에 갇혀 지내다시피 했던 그는 해방을 겨우 몇 달 남겨 놓은 어느 봄날 완전히 실성해서 죽었다. 그러자 어린 아버지는 할머니를 따라 김천의 외가로 숨어들 듯 이사를 해야 했다. 자라면서 그는 모조리 망한 후의 허탈한 분위기를 점점 더 물씬 풍기는 소년이 되었다. 세상일이란 모두 오해에 근거한다며 경멸했고, 야심 찬 목표 따위를 비웃었다. 공부도 그저 심심풀이로 했지만 성적이 굉장히 우수했다. 특히 수학에 재능을 보였다. 그의 바람은 프랑스 어느 소도시에 가서 숨어 사는 것이었다. 대구에 돌아와 수학을 전공한 그는 유학에 앞서 해군사관학교에서 공학 수학 교관을 했다. 그러나 갑자기 수학에 흥미를 잃은 그는 먼 친척이 이사장으로 있는 여학교의 교사가 되었다. 과도하게 빠지지는 않았지만, 그는 몰래 몰래 노름을 했고, 술을 마셨다. 방학이면 서울로 올라가 영화판을 기웃거리며 시간을 보내다가 돌아오기도 했다. 그러나 기이한 사람, 재미있는 사람, 멋쟁이 정도로 통했을 뿐이지, 도착적 열정이 깊어지면서 삶을 망칠 만큼 공격적으로 변하는 의지굳은 사내는 아니었던 듯하다.

살가운 교장 선생 덕에 그는 와이 엠 씨 에이 대구 연합회에 마음을 두고 청년 봉사 활동을 하다가 그곳에서 간사 일을 보고 있는 여자를 만났다.

전쟁 통에 진주에서 폭격을 받아 가족이 풍비박산된 처녀였다. 남동생이 하나 남았지만 귀와 어깨에 심한 부상을 입은 불구였다. 미선교사의 도움으로 야간학교에 다니고 있던 그녀의 소망은 오직 동생을 데리고 미국 유타주로 가는 것이었다. 이 소녀는 눈이 유난히 초롱초롱했고, 자존심이 무척 강했다. 허튼 농담이나 시시껄렁한 놀이 따위를 접하면 싹싹하고 귀엽던 눈매가 갑자기 살의가 번뜩일 정도로 날카롭게 변했다. 새벽부터 한밤중까지 모든 일에 애처로울 정도로 성실했다. 그녀는 불행을 감당하기 위해 모든 역량을 집중하는 과정에서 삶의 의미를 찾게 해달라고 기도하는 상태였다. 그것은 꿈마다 찾아오는 피투성이 엄마 아빠가 부릅뜬 눈으로 슬픔을 견디라고 외치는 유언이기도 했다.

형은 아버지의 훤칠한 외모에 어머니의 강한 책임감을 물려받았고, 동생은 어머니의 갸름한 얼굴과 파리한 피부에 아버지의 막막한 그리움을 물려받았다. 태어나자 곧 열병으로 사망한 여자애는 살았다면 아마도 냉소적인 아버지 성품과 엄마의 신앙심 사이에서 갈등하며 성장했을지도 모른다.

10여 년 전에 그 가정에 위기가 시작되었다. 겨울 방학 중 연수원에 가 있던 아버지를 찾아, 무슨 무슨 프로덕션의 최사장 집이 맞느냐면서 빚쟁이들이 몰려왔다. 학교 이사장으로부터 전화를 받고 몹시 불쾌해하던 어머니는 초로로 접어드는 나이에도 불구하고 다시 일을 시작했다. 꼭두새벽에 나가 자정이 다 되어서야 들어왔다. 청소년 보호소에서 목회자를 돕는 일이었는데, 보수랄 것도 없는 일이었지만 그녀는 그렇게라도 하지 않고는 공포와 불안에 질식하고 말 것이라는 예감에 사로잡혔다.

불구의 동생이 교통사고로 죽고 곧바로 어린 딸마저 잘못되었던 그 고난이 다시 엄습할지도 모른다는 불안에 휩싸이자 그녀의 정신은 너무나도 무서운 상태에 빠지고 말았다. 무책임한 폭력의 형태로 야비하게 들쑤셔대는 생의 횡포를 누그러뜨릴 무언가가 절실했다. 이미 그녀는 늙어가고 있었기 때문에 진통을 위해 사용 가능한 것은 또 다른 형태의 고통밖에는 없었다. 이 자학은 다만 자신이 견딜 만한 정도로 주도할 수 있다는 것 외에는 가장

치욕적인 대응 방식인지도 몰랐다. 하지만 대안은 존재할 수 없었다. 입시생이었던 광호는 어머니의 안간힘을 하루 종일 시시각각 뇌리에 박으며 괴로워했다. 광일은 만취 상태로 귀가한 날에도 독기 어린 눈으로 밤새 공부를 했다. 실직 후 여전히 어딘가로 싸돌아다니다가 느지막이 빙글빙글 웃으며 귀가하는 아버지를 접할 때 광일은 완전히 다른 형태의 미소를 만면에 짓고는 했다. 광호 눈에는 그 웃음이 곧 누군가를 죽일 결심을 한 사람의 징표로 읽혔다.

"이 그지 같은 새끼야. 한번 사내답게 저질러 보든가. 그렇게 맨 날 장난질만 하지 말고!"

어느 날 술에 취해 빙그레 웃고 있는 아버지를 향해 광일은 그렇게 외쳤다. 그 말은 어떤 효과를 낸 걸까? 그 후 모든 것이 급속히 무너졌다. 암 투병에서 사망까지 일 년 남짓 걸렸다. 따스한 봄날 광호의 아버지는 완전히 말라

버린 해골의 모습으로 세상을 떴다. 곧바로 형은 장학금을 받고 미국으로 갔고, 어머니는 완전히 탈진한 평화를 은혜로 알고 받아들이는 것 같았다. 광호는 어머니에게 깊은 연민과 함께 기이한 고독을 느꼈다. 이 고독은 증오와 인내가 뒤섞인 모습이었기 때문에 얼핏 보면 위선처럼 보일수도 있었다. 하지만 위선과 같은 호사스런 정서는 그녀에게 조금도 남아있지 않았다. 굳이 묘사하자면 그것은 무기력이 승화될지도 모른다는 허망의 풍경이었다. 이렇게 이해하기로 마음을 정하자, 광호에게 삶이란 가족 모두가 각자 지리멸렬하며 보여준 기만, 배신, 부도덕으로 각인 되었다. 삶이란 처음에는 진정으로 소중한 꿈이었기 때문에 끝내는 아주 길고도 질긴 저주를 남길 수밖에 없는 일종의 각성인가 보다. 이 결론이 광호에게 생활의 구체적 가르침이 될 수 있었을까? 그것은 단언할 수는 없지만, 그때 품었던 이런 생각들이 광호 스스로에게도 막연했던 만큼 주변 사람들에게 그는 무척 수동적인 사람으로 비처졌던 것만은 틀림없다. 광호는 누구도 자기를 이해하지 못할 것이라고 믿었고, 이 확신은 그가 인식한 삶을 상대로 점점 커져만 가던 혐오감에 도덕적 안정감을 부여했다. 그는 겉으로 매우 유약해보였지만 속으로 차츰 경직된 속껍질을 짓고 있었다. 즉, 고립이었다. 생에 대한 이 은밀한 기술은 사랑보다는 혐오에서 더욱 쉽게 강화되는 경향이 있었고, 언젠가는 파멸로 치달을 운명이었다. 느낌으로는 흐릿했지만, 이것이 진실이었다.

## 11.

대전에서 돌아온 다음날, 광호는 점심때가 되어서야 일어났다. 샌드위치를 만들어 뜨거운 커피와 함께 테라스로 가져나가 눈 덮인 은사시나무 숲을 건들건들 바라보며 먹었다.

우울한 기분을 깨끗이 지우자. 계획을 세우고, 다부지게 일하자. 광호는 손을 툭툭 털고 나서 가볍게 허리를 돌리며 결심했다. 명철이에게 자기가 투자할 몫과 지분, 역할에 대해 명확히 선을 긋고, 받아들일 것과 요구할 것에 대해 합의를 보자. 그렇게 하는 것이 오히려 친구에게 탄력을 줄 수 있을 것 같았다. 광호는 일에 대한 생각을 정리하면서 그동안 자신의 처신에 반성할 부분이 많다는 것을 새삼 깨달았다. 그러고 나서 전화로 명철과 오후에 만나기로 약속했다.

지하철을 타고 도심으로 향하며, 새삼 두 달간 급변한 처지가 철컥이는 쇠바퀴 소리에 맞춰 되살아났다. 퇴직 후 상을 당하고, 친구는 결혼하고, 난 이별하고, 그리고 다시 나는 도심으로 일자리를 찾아 되돌아간다. 그제 형의 서재 벽에 걸려있던 둥근 사진 액자가 바퀴로 변해 빙글빙글 돌아갔다. 사진 속 얼굴들과 그 위에 엉긴 시간들도 모두 빠른 회전에 섞여 흐릿해졌다.

종로 3가 역은 크고 낡고 복잡했으며 사람들로 붐볐다. 계단을 오르고 있는데, 한 초로의 신사가 발을 헛디뎌 넘어지더니 등 쪽으로 한 4미터 가량 그대로 미끄러져 내려왔다. 광호는 자기 발 옆으로 미끄러지는 사내의 당황한 표정을 고스란히 지켜보았다. 뚱뚱한 사내는 두꺼운 검정 모직 외투에 붉은 넥타이와 흰 셔츠를 입었고, 성긴 반백의 머리카락을 흐트러짐 없이 뒤로 젖혀 빗었는데, 하관이 발달한 허연 얼굴이었다. 절망적인 눈빛이 순간적으로 광호와 딱 마주쳤다. 자줏빛으로 타들어가는 듯한 입술이 놀라움으로 조금 벌어져 있었다.

오르내리는 행인들의 다리에 부딪치며 미끄러진 그는 바닥에 떨어질 때는 머리로 바닥을 세차게 들이받았다. 사람들이 삽시간에 그의 주위를 둘러쌌고, 어느 친절한 청년이 그의 뒤통수를 받치며 물었다.

"아저씨 괜찮으세요?"

그때 열차 도착 신호음이 요란하게 울렸다.

"저런, 저런, 저걸 어째?"

어느 부인이 끌끌 혀를 찼다.

광호는 계단 중간에서 어중 띠게 서 있다가

슬며시 다시 움직였다.

광화문 광장을 향해, 햇살을 맞받으며 느릿느릿 걷던 광호는 명철에게 전화를 했다. 명철이 억눌린 목소리로 짧게 "이따 전화할게."하고 대답한 후 곧바로 끊었다.

곧 어둠이 내릴 시간이었다. 인왕산 자락으로 해가 기울고 있었다. 광호는 사직 공원을 향해 걸었다.

산등성이에 걸린 햇살은 눈부시지 않았다. 그 빛으로는 땅 어느 한 귀퉁이라도 잠시나마 따스하게 덥힐 수 없어보였다. 친절한 노인의 느리고 온화한 무기력을 접할 때처럼 춥고 쓸쓸했다. 광호는 사직단 우측으로 공원을 한 바퀴 돌았다. 율곡과 사임당 동상이 선 공터로 들어설 때 잔설 옆의 비둘기 떼가 한꺼번에 날아올랐다. 그리고는 큰 삿갓 모양으로 무리지어 산자락을 향해 석양지는 하늘을 가로질렀다. 햇살이 비둘기 날갯짓 사이로 주홍으로 물들고 있었다. 거무튀튀한 율곡 동상 발치에는 새의 분비물이 희끗희끗하게 비껴 묻었고, 그것을 올려다보던 광호는 지그시 실눈을 뜨고 겨울 햇살을 이마에 받았다. 옆의 사임당 동상은 뒤쪽으로 기우는 사양 속에서 말끔하게 도드라져 보였다. 박동이 관자놀이에 느껴진다. 한겨울 지는 해는 열기를 모두 잃었지만, 그래서 더 평온하게 느껴지는 것일까?

광호는 그런 질문을 던지며 출입금지 팻말 너머로 사직단 안을 바라보았다. 담이 이중으로 둘러진 가운데는 댓돌 자리만 보인다. 그는 이 건축물의 상징을 읽어낼 지식은 없었지만, 어쩐지 영험한 뜻이 너무도 겸손하게 퇴락되었다는 느낌을 받았다. 겨울 빛처럼 흐릿하게 낡은 정열이 돌바닥 위에 묵묵했다. 차디차게 모조리 비워낸 공간은 그만큼의 아량을 품고 있다고 믿기로 한 광호는 실눈을 뜬 채 사직단 안을 기웃거리며 계속 느릿느릿 걸었다.

그는 어려서부터 빛과 조형에 관심이 많았다. 그때 갑자기 어린 시절 보았던 월트디즈니 만화가 기억났다. 초원의 언덕 위에 작고 예쁜 집이 한 채있다. 그렇게 조용히 행복하게 사는 것이 좋았던 그 집 주변으로 다른 건물들이 들어서기 시작했다. 그 작은 집은 차츰 어둠에 갇히게 되고, 거듭되는 공사의 소음과 건설 기계들의 무자비한 힘 앞에 두려워 벌벌 떤다. 그러다가 어딘가 옛터와 비슷한 동산으로 옮겨진 그 작은 집은 잃어버린 평화와 꿈을 되찾는다는 내용이었다.

대학 시절에 광호는 이 만화에 대해 명철에게 이야기했던 적이 있었다. 명철은 월트디즈니라는 회사는 유대인 재벌로 도둑놈들이라고 일축했었다. 그때 명철이 부릅떴던 눈과 삿대질하던 손을 떠올리며 광호는 호젓한 공원이 울리도록 한차례 웃어젖혔다.

그러나 그 만화영화의 주인공인 그 작은

집, 한 쌍의 유리창이 눈이고, 현관이 입, 들창이 코인 그 귀여운 집이야말로 광호가 언젠가 꼭 손수 지어보고 싶은 집이었다. 너무 단순해서 별다른 특징도 없지만, 흔하디흔한 들풀처럼 햇빛을 가득 받을 수 있는 집. 그 집에 가만히 앉아 있으면 고요한 시간이 들창을 통해 슬그머니 들어와서는 조금씩 조금씩 움직여가는 그런 집. 그 따스한 고요를 비스듬히 누워 지켜보다가 잠이 들면, 집 전체가 하나의 안온한 잠자리로 바뀌는 소박한 집.

광호는 다시 오피스텔이 즐비한 거리로 나와 명철에게 문자메시지를 보냈다. 곧 전화가 걸려왔다. 오후 6시 10분이었다.

"근처라구?"하고 명철은 어딘가로 바삐 걷는지 숨찬 목소리로 물었다.

"응, 바로 사무실 앞이야. 바빠?"

"응, 미안하다. 근데 나가봐야 해. 아까도 계속 사람들 만나고. 에이, 너무 정신없다. 야,

나 전화 끊는다. 그리고 앞으론 미리⋯⋯."

광호는 또다시 우뚝 섰다. 어둠이 내렸다.
퇴근한 사람들이 건물 사이로 무리지어 몰려
나오고 있었다.

"다들 바쁘군. 그래. 저녁에도 다들 바쁘게
돌아가는 세상이지."하고 중얼거리며 광호는
이어폰을 꽂고 흥얼대며 호주머니에 손을 찌
른 채 시적시적 걸었다. 아무렇지도 않은 듯
음악에 젖어보려 했지만 마음이 무거웠다. 서
글픈 건지 화가 난 건지 분간할 수 없었다.

"명철이는 좀 과하게 일을 벌이는 것이 아
닐까?"

중얼거리는 그는 자기 목소리가 음악에 파
묻혀 있다고 생각했겠지만 가까이 스치는 행
인에게는 실성한 사람으로 보일지도 몰랐다.

광호는 내자동으로 느린 걸음을 옮겼다. 그
러면서 간판들을 향해 두리번거렸다. 그러다
가 자기 차림새를 내려다보았다. 붉은 점퍼 안

에 올이 굵고 목이 높은 갈색 스웨터에 청바
지. 광호는 자신이 어쩐지 제대한지 얼마 안
된 복학생 같아 보였다. 이런 경쾌한 기분이라
면 넘어지더라도 크게 다칠 리야 없겠지. 그런
생각 중에 문득 하얀 간판을 쳐다보고, 광호는
"존15?"하고 중얼거렸다.

2층 와인 바는 넓지 않았고 따스했다. 타일
처럼 네모난 거울 조각으로 된 벽에 술병들이
진열되어 있었다. 광호가 그 자리에 앉자, 잔
을 닦고 있던 아가씨가 웃으며 인사를 했다.

"아프리카 음악이군요."

"맞아요. 리처드보나."하며 여자는 CD 케이
스를 광호에게 보여주었다.

"처음 듣는데, 좋군요."

진열된 와인을 죽 훑어보며, 광호는 좀 느긋
한 기분에 젖고 싶었다.

"한 병을 다 마실 수 있을까? 추천해 줘요.
너무 달지 않은 것으로."

여자는 돌아서더니 재바르게 움직이며 광호
에게 물었다.

"대학생이세요?"

광호는 대답하지 않고 음악에 귀를 기울였
다. 그러다가 잠시 후 여자가 와인을 따를 준
비를 하자 그는 자신의 무릎을 보면서 던지듯
대꾸했다. "놀아요." 광호는 자칫 자신이 냉소
적인 사내로 비칠지도 모른다고 생각해서 이
대답이 마음에 들지 않았다. 그리고 그런 염려
는 어쩐지 오래된 것 같았다.

"뭔가 기틀을 마련하고 계시는 중이군요."

"기틀이요?"

"네. 말하자면 직장을 바꾸거나, 그런 변화
를 위해 재충전을 할 중간 단계 같은 거."

"그렇게⋯⋯. 보이나요? 비슷하죠. 아니, 바
로 그거죠."라고 말한 광호는 병을 들어 여자
와 눈을 맞추었다. 미소가 꺼지며 왠지 쓸쓸하
게 고개를 젓던 그녀는 조금만이라는 말을 입

안에 굴리며 와인 잔을 들었다. 다시 안색이
밝아졌다.

　"님은 알바생인 것 같아요."

　"어머머, 어떻게 아세요?"

　눈치로 그걸 모를까. 엷은 화장에 소녀티가
가시지 않은 어딘가 서툰 느낌의 여자. 그 서
툴다는 것은 마음이 끌리는 사람에게는 너무
조급하게 친절을 베풀고 만다는 뜻이다. 민아
가 그랬다. 그 서투름을 들키고 빼앗겼기 때문
에 그만 열정에 사로잡히고 만 것이다. 그것은
마치도 영원할 것 같은 쾌감 가운데를 눈먼 유
희의 방법으로 느릿느릿 통과하고 나면 긴 그
림자를 남기는 그런 맹목이기도 했다. 언젠가
민아가 광호의 턱과 목을 쓸어내리던 그 촉감
이 되살아났다. 광호는 높다란 와인 잔의 받침
기둥을 엄지와 검지 끝에 끼우고 천천히 쓸어
내렸다. 그때 민아는 더운 입김을 머금은 목소
리로, 오빠를 옆에서 지켜보고 있으면 자기가

달라져 버릴 것 같다고 속삭였었다. 무엇이 달라지냐니까, 몽땅 다 달라지고 자기는 결국 다 사라져버릴 거라며 갑자기 그를 확 밀치고 등을 보이며 돌아누웠었다. 광호는 술잔을 들어 붉은 술을 한 모금 머금었다. 그리고 키스하듯이 천천히 목 안으로 넘겼다. 그러자 짙은 배신감이 몰려왔다.

식어버린 시간이었지만 감각은 아직 따스했고, 뭉클한 쾌감 그대로였다. 그리고 이것을 서둘러 부정하려는 불쾌함이야말로 사랑을 잃었다는 뚜렷한 증거였다. 그럼에도 불구하고 손길은 망각 너머로 고스란히 각인된 그 길을 따라 미끄러지고 있었다. 이것은 그때나 지금이나 그의 외면으로부터 가장 깊은 곳으로 뚫고 들어오는 일종의 노크 소리 같은 초대였다. 운명적으로 결코 문을 열 수 없었을지라도, 그는 이 각인된 감촉의 상징을 시간 가는 줄 모르고 온몸으로 탐닉하고 있었다. 이것은 대단히 비현실적인 현실이었다. 잠시 광호는 어리둥절했다. 그러나 곧 더욱 불쾌해졌다. 이 불쾌함은 죽은 사랑이 풍기는 시취에 던지는 도착적인 경멸이었다. 마치 그렇게라도 하면 자신을 지킬 수 있다고 믿는 모양이었다. 작고 찬 손이 두드리던 그 떨리는 노크 소리도 끝내는 둔탁한 대못 질로 바뀔 것이었다. 그는 오동나무 관 안에 빈틈없이 누워 똑같이 누런 오동나무 빛깔로 바뀐 자기 얼굴을 내려다보았다. 광호는 이 순간 자신의 어둠을 어렴풋이 예감했다. 그러자 그 어둠에 압도될까봐 경직되는 자신을 느꼈다. 끝은 무엇일까? 단정한 미라로 메말라가는 그런 흙빛 자유일까? 그는 어두운 소외의 궁극성에 반대로 민아를 초대하고 싶다고 고집스레 희망했다. 가장 크고 확실한 결론은 끝내 이 생생했던 감각을 잃고 메말라가는 것이라는데 생각이 미치자, 광호는 한시적인 환각을 맘껏 비웃어줄 수 있는 자신이 생겼다. 그는 느리게 잔을 들어 남은 와인을 마저 마셨다. 그리고 아주 씁쓸하게 소리 없이 한번 웃었다.

이런 망념들은 결국 이기심이 아닐까? 그는 앞에 선 여자의 얼굴을 뚫어져라 쳐다보았다. 잘 알지도 못하는 저 알바생의 표정에 잽싸게 달콤한 정서를 옮겨 심어보려 할 만큼 나는 그다지도 얄팍하게 외로운 것일까? 그것은 추억에 대해, 그리고 익명에 대해 손 벌리는 두 배의 구걸이었다. 멀어지는 애정이란 추잡스런 것이다. 광호는 잔을 쥔 채 자신의 표정이 굳어짐을 느꼈다.

"맛이 어떠세요?"

"잘 모르겠어요. 자주 안 마셔요. 와인은." 광호는 무뚝뚝하게 대답했다.

"그러세요……."

"친구를 만나기로 약속했는데, 바쁘다고 해서……."하고 말하다가 광호는 소스라치게 놀

랐다. 보름 전 쯤 이곳에 취한 상태로 올라와
서 헤맨 기억이 불현듯 고스란히 떠올랐기 때
문이었다. 당황한 그는 낯을 붉혔다. "이곳에
며칠 전에 왔었어요. 그때 아가씨는 퇴근하려
던 참이었지." 광호는 조금 떨리는 목소리로
빠르게 지껄였다.

"그러세요. 전 기억 없는데."

"그래요? 다행이네요. 근데, 존15가 무슨 뜻
이죠?"

"그건 요한복음 15장이라는 뜻이죠."

그때 주인 여자가 들어왔다. 잠시 뒤 붉은
조끼의 중년 사내도 따라 들어왔다. 아르바이
트 여대생은 하늘색 파커를 입고 가방을 둘러
맸다. 손을 뒷덜미로 가져가 감겨든 머리카락
을 깃 밖으로 훑어내고 머리를 조금 흔들었다.
그가 뒷모습을 물끄러미 지켜보고 있었지만,
아르바이트 여대생은 뒤도 돌아보지 않고 문
을 나섰다.

그날 밤도 광호는 어두운 꿈을 꾸었다.

바텐더 아가씨가 울고 있었다. 아버지가 계단에서 굴러 떨어졌다는 것이다. 광호는 그가 사지를 허공에 벌리고 등으로 미끄러져 떨어지는 모습을 거대한 현미경을 통해 뚫어져라 지켜보았다. 그는 사실은 민아의 아버지인 김소장이었다. 그리고 미끄러져 내려가고 있는 곳은 빛이 가득한 투명한 집의 계단이었는데, 민아의 날카로운 울음이 칼날처럼 멀리서 투명한 얼음을 통해 울려왔다. 그 투명한 이중 저택은 아주 낡고 우아했다. 울음소리는 새떼로 바뀌었고, 새떼는 그 투명한 집을 선회하고 있었다. 광호는 그 집으로 걸어 들어갔다. 집은 허허벌판이었다. 차가운 얼음 벌판이었고, 새파란 별들이 가득히 돋은, 언젠가 가보았던 그 별이었다. 눈을 들어 보니 거대한 조선 사람이 서있었다. 그의 거무튀튀한 저고리자락으로 하얀 눈물이 비스듬히 떨어졌다.

12.




사직단을 본 날 이후 광호는 날마다 오후에 광화문으로 산책을 나갔다. 사직공원을 맴돌다가 퇴근 무렵이면 집으로 돌아오곤 했다. 그러다가 돌아오는 길에 항상 존15 앞에서 서성거리게 되는 자신이 한심해서 방에 틀어박혔다. 며칠만 스스로를 아주 버리고 돌아보지도 않기로 결심한 광호는 밥 먹기도 귀찮아 마냥 굶으며 침대에 누워 지냈다. 어느 날은 요한복음 15장을 펼쳐 읽어보았다. 그러고 보니 미사 중에 이 내용의 성가를 불렀던 기억이 났다. 민아와 함께 영성체를 모시던 날, 그녀가 옆줄에서 조금 앞서 나가다가 광호를 돌아보며 웃었었다. 이 순간을 떠올리던 그는 자기도 모르게 덩달아 웃었다. 그때가 아마 자기 생애에서 가장 아름다운 순간이었던 것 같았다.

해가 뜨고, 해가 졌고, 두꺼운 성에가 끼고, 어슴푸레 새벽이 왔다. 그동안 내내 광호는 금식 입원한 기분이었다.

1월의 끝 날, 금요일이었다. 여전히 침대에 누워 온종일 버티고 있던 광호는 자신은 이제 곧 퇴원하게 된다고 중얼거려보았다. 그러자 정말 이제 자리에서 일어나야 할 것 같았다. 저녁에 라면을 끓여 김치와 먹던 광호는 울컥 울음이 밀려왔지만, 큰 기침을 한번하고 훌훌 털어냈다. 식사 후에는 러시아 민요를 들으며 편지를 쓰기 시작했다.


잘 지내고 있냐? 보스턴은 어때? 여기는 아직 춥다. 봄은 아주 먼 이야기야.

여기까지 쓴 광호는 민아와 함께 북한산에 오르던 기억이 났다. 봄비가 그쳐가던 한적한 산길을 두 사람이 손을 잡고 걸었었다. 보슬비에 섞여 벚꽃이 흩날렸다. 떨어진 꽃잎이 하얗게 덮인 길을 걷다보면 무더기로 핀 진달래가 불쑥 불쑥 나타나곤 했다. 능선에 오를 즈음 갠 하늘 사이로 햇살이 가득 퍼졌다. 산바람이 불어 민아의 머리카락을 쓸어 젖혔다. 도톰한 이마와 사랑이 가득 담긴 인당과 부드러운 눈빛. 그칠 줄 모르고 터지던 웃음. 진달래를 따던 가는 손가락들. 꽃을 들고 하늘을 우러르던 그 뒷모습. 모든 것이 너무 생생해서 광호는 기억의 영상들이 그를 빙글빙글 돌며 영영 풀리지 않을 주문으로 휩싸가고 있다고 느꼈다. 최면에 걸려, 이미 사라지고 없는 것 속에 머무르려고 하는 꼴이었다. 마치 산그늘 아래 펼쳐진 잔잔한 수면에 비친 호숫가의 정경이 물속에 똑같이 실재할지도 모른다는 상상이었다. 그 마음의 그림은 시공 너머에서 자신의 건재를 보이는 신비한 신호로서 너무나도 매혹적이고 압도적이었기 때문에 추리할 여지를 앗아가고 있었다. 그러므로 광호는 평이한 정서로 돌아가야만 했다.

떠나기 전 만났을 때 최악이었다. 난 많이 후회하고 있어. 너도 아마 그럴 거야. 끈끈함을 보인 것이 후회되니? 걱정 마. 네가 연출하고 싶던 매력만 간직하마. 그것은 내가 보장한다. 너의 자긍심은 결코 만족을 모른다는 점을 잘 알아. 이건 비난도 찬사도 아닌, 말하자면, 너의 운명 같은 것이야. 넌 성공할 테지. 특별한 배경, 특별한 긍지, 이런 것들로 가득 찬 너는 모든 사람들로부터 너라는 존재에 대한 감탄을 정당하게 징수할 때라야만 비로소 성공이 시작 되었다고 수긍할 수 있겠지. 이렇게 말하고 나니까 네가 더럽게 오만한 여자로 느껴진다. 언젠가 내가 너라는 여자에 대해 말하니까 처음에는 호기심을 가지고 잘 듣더니 끝내 너무 신랄하다고 울던 일 기억나? 지금 바로 옆에서 네 눈에 차오르던 눈물이 보이는 것 같구나. 넌 순수하고 교활해서 묘해. 그래서 너한테 끌렸는지도 몰라.

　여기까지 썼을 때 광호는 무척 피로했다. 정직하게 털어놓겠다고 생각했는데, 자꾸 거짓으로만 흐르는 것 같았다. 이것은 도피 심리라기보다는 어쩌면 표현 문제인지도 몰랐다. 아무리 노력해도, 자신과 민아 사이에 뒤얽힌 역설적 진실을 스스로에게 설득시킬 수 없을 것 같았다.

　광호는 손깍지로 뒤통수를 받히고 상체를 젖힌 채 책상 위의 하얀 종이와 연필을 십 분간 물끄러미 바라보았다. 전등불빛 너머 어둠이 새까맣게 집중되어 조여 왔다. 그는 추억 주변을 서성였다. 그러다가 고통에 찬 신음이 입에서 새어나왔다. 그리고 이 고통의 이면에는 수없이 많은 꼬리가 이어져 있다는 것을 깨달았다. 그 꼬리들은 기억의 형태를 갖추고 있었다. 지금 이 순간 그를 이렇게 만들어 온 많은 중첩이 그에게 기억 하나를 던진 채 다가오던 방향을 틀어 뒤돌아서서 차츰 멀어져 갔다. 그것은 멀찍이 떨어져 아름답기만 한 어떤 산그늘 아래 호숫가 정경 같은 것이었다. 고요한 물속에 산그늘의 정경과 똑같은 세계가 있다. 그것은 빛을 따라 와서 고요한 물속 세계에 하나씩 하나씩 꼬리를 물고 차례대로 만들어진 것이다. 그리고 이것을 만든 빛은 반사되어 다시 왔던 길로 돌아나가 사라진다. 광호는 민아의 추억을 만들었던 빛이 흐려지다 사라지는 꼴을 지켜보았다. 그러자 이 기이하고 집요한 중첩 위로 절망감이 덮쳐 왔다.

정직해보자는 결심은 잔인한 짓이다. 광호는 손깍지를 풀고 힘없이 웃었다. 아주 늙은 웃음이었다. 민아는 순수를 지속시킬 수 없는 여자인지도 모른다. 기껏 속물근성을 학습해나가는 주제에 꿈을 하나하나 실현한다고 생각하겠지. 그리고는 저속한 의지에 만족하며, 하나씩 갈취하는 목표에 따라 하나씩 차례대로 행복할 준비를 하며 날마다 일기장 위에 자부심의 도장을 쾅쾅 찍어가겠지.

광호는 편지를 와락 구겨 책상을 쾅쾅 찍으며 히스테릭하게 웃었다. 민아도 행복이 고갈되면 광호처럼 숨 막히는 고통을 느낄 것이었다. 그는 자신의 질투를 인정했다. 풍요가 발휘하는 행복의 저력과 그 저속함과 뻔뻔함을 질투했다. 이 질투로부터 민아는 다가오던 방향을 백팔십도 틀어 달아날 수 있는 힘을 얻고 있었다. 쌍방이 맛보았던 헌신을 모조리 소멸시켜가며 달아나면서도, 여전히 그 새겨진 헌신의 기억을 충실하게 주장하고 있었다.

그는 서랍 구석에 넣어두었던 라이터를 찾을 수가 없었다. 이사 오며 어디다 처박아두었는지 영 알 수가 없었다. 그러나 그는 기어코 구둣솔 옆에서 잔뜩 녹슨 라이터를 찾았다. 불꽃이 일었다. 민아의 얼굴이 불꽃 속에서 또렷이 기억되었다. 혼신의 잔인함을 끌어올려, 그는 행복하게 미소 지었다. 구겨진 편지는 물기 한 방울 없는 욕조 바닥에서 불살라졌다. 짧지만 불길은 세찼다. 세찬 불길을 바라보며 다시 그 불길 너머에 숨은 또 다른 불길을 예감했다. 그러나 곧 불은 사위어들었다. 그는 샤워기를 틀어 재를 씻어 내렸다. 재는 검은 점으로 흩어졌다가 물길을 따라 씻겨 수챗구멍 속으로 몰려들며 차츰 사라졌다.

13.

 

이제 2월이었다. 곧 강의를 들어야 했으므
로 광호는 날마다 등산을 해서 미리 체력을 다
져 놓기로 했다.

그날도 아침은 햇살이 무척 맑았다. 그러나
오후가 되자 갑자기 흐려지더니 함박눈이 쏟
아졌다. 광호는 망설이며 눈 내리는 창밖을 내
다보고 있었다. 내리는 눈만 바라보고 있자니
자신이 허공으로 날아오르는 기분이었다. TV
에서는 연속극이 재방송되고 있었다. 마침 휴
대전화는 배터리가 다 방전되어 있었다. 그는
가까운 코스를 택해 산책 삼아 짧은 등산을 다

녀오기로 했다.

앞서 가던 노인 셋이 눈발 속으로 사라졌다.
그가 택한 길은 능선 쪽이었다. 아마도 노인
들은 오목한 숲길로 해서 하산할 수 있는 계곡
코스를 택하는 모양이었다. 광호는 산길에서
마주치는 노인들이 다들 혈색이 좋고 건강해
보였기 때문에 등산 중에 노인을 만나면 흐뭇
한 기분이 들곤 했다. 한 번은 마주친 노인에
게 가볍게 인사 했더니 그가 인자한 미소를 지
으며 다 안다는 듯이 고개를 끄덕여 인사를 받
았다.

"참 어려운 시기요……. 젊은 양반."하고 노
인은 말했다. 광호는 무슨 말인지 몰라 당황했
지만, 느낌으로는 뭔가 위로를 받는 기분이어
서 고맙게 허리를 숙였다.

"네. 그렇지요 어르신."

저곳까지만 오르자. 광호는 눈을 가늘게 뜨
며 가파른 바윗길을 쳐다보았다. 이 길은 광호

가 늘 다니는 길이었다. 저 힘든 길 만 오르고 나면 탁 트인 경치가 일품이었다. 특히 이렇게 눈이 쌓인 날은 마치 비경 산수화처럼 아름답고 환상적인 산을 볼 수 있었다.

광호는 얼어붙은 바위를 조심조심 짚으며 기어올랐다. 그의 손아귀에서 갓 내려 쌓인 눈이 사르르 녹아들었다.

"누구도 건드리지 않은 눈이야 이게."하고 광호는 중얼거리고 나서 자신이 마치 옆에 있는 민아에게 말한 기분이 들었다. 광호는 차가운 바위 위에 더운 뺨을 얹고 기대어 숨을 고르며 식어 가는 옅은 슬픔을 느꼈다. 찬 기운과 열기가 섞이다가 차츰 몸이 떨렸고, 곧 피로감이 몰려왔다. 광호는 밑을 보았다. 내려가기는 힘들겠는 걸. 미끄러지면 끝장이다. 어떻게든 계속 올라갈 수는 있을 것 같았다. 그러면 능선을 따라 아까 노인들이 간 계곡 쪽으로 빠지는 하산 길을 찾을 수 있을 것이었다. 그러나 확실하지는 않았다. 광호는 조금 불안했다. 산에서는 겸손하라고 했는데, 오늘은 왠지 무리를 하고 말았다. 광호는 손을 번갈아 탈탈 털어냈다. 손은 마비된 것처럼 얼얼했다. 드디어 머리 위로 세찬 바람이 지나갔다. 능선에 오른 것이다. 작은 소나무 가지가 그의 뺨을 찔렀다. 솔잎은 가는 눈으로 완전히 덮여 있었다. "짜식, 꽤나 춥겠구나. 아직 어린데……." 그는 솔잎을 두 차례 쓸어주었다. 잠시 뜸하던 눈발이 다시 거세지기 시작했다. 광호는 능선 길을 따라 앞으로 전진 했다. 기대했던 산봉우리의 비경은 눈발과 내려앉은 구름에 가려 보이지도 않았다. 소나무 숲으로 들어서서 귤을 먹었다. 귤은 얼어서 서걱거렸다. 보온병을 열어 따스한 커피를 마시고 조금 남은 커피는 손바닥에 부었다. 초콜릿은 두었다가 길을 찾으면 먹기로 했다.

"네 시니까 시간은 충분해. 길만 찾으면 어

두워져도 자신 있어. 왔던 길로 되돌아가는 건 무리야. 미끄러져서 뼈라도 부러지는 날에는……. 어휴 끔찍해. 또 휴대 전화도 안 가져 왔지……. 어쩌다 여기까지 오게 된 거람."

중얼대던 광호는 불현듯 형의 얼굴이 떠올랐다. 형은 늘 판단이 정확했고, 결코 포기할 줄 몰랐다. 존경할 만한 사람이었다. 광호는 형을 생각하며 자신을 위로하고 용기를 북돋았다.

그러나 길이 있을 듯이 보이던 곳은 절벽이 버티고 있었다. 그는 침착하게 되돌아가서 다시 시작해보았다. 분명히 사람들이 밟고 다닌 듯한 길이었다. 그러나 그 길은 소나무 몇 그루를 돌아 나가면 절벽에 가닿았다. 광호는 칼바람을 이마로 받으며 바위 아래쪽을 건너다보았다. 소나무 둥치를 안고 가능한 한 몸을 뻗어 길이 있나 탐색해 보았지만 알 수 없었다. 나무를 놓고 곡예 하듯이 바위를 타고 앞으로 나가기에는 너무 위험했다. 팔의 힘이 빠져 몸이 축 처지기 시작했다. 다시 돌아가서 다른 길을 찾는 수밖에 없었다. 광호는 능선을 타고 조금 더 올라가 보았다. 눈과 바람이 더욱 거세졌다. 다리가 떨려왔다. 앞이 전혀 보이지 않았으며 길은 계속 오르막일 뿐이었다. 위로는 길이 없을 거야. 그렇다면 여기서부터 천천히 내려가면서 길을 찾아나가자. 최악의 경우는 아까 길로 해서 되돌아가자. 자일이 십 미터만 있어도 좋겠는데. 벌써 네 시 반이 넘었는걸……. 그래도 절벽 길까지 가더라도 어두워지지는 않겠지. 광호는 안심하기 위한 이유를 계속 더듬어 찾고 있는 자기 마음을 불안하게 지켜보며 걸었다.

　다시 소나무 숲으로 들어온 광호는 몸을 굽혀 소나무 가지 아래쪽을 쭈그린 채 걸어 나갔다. 왼쪽으로 왼쪽으로 몇 번 오르내리니 결국 제자리였다. 허리가 빠질 듯이 아파왔다. 어디에도 길은 없었다. 광호는 얼어버린 솔잎들 사이에 갇혀 섰다. 눈가루가 그의 눈썹으로 떨어져 내렸다. 그 순간 광호는 자기의 깊은 아픔이 산 속으로 스며드는 것을 느낄 수 있었다. 그의 아픔은 얼어붙은 이 크고 매정한 산만한 것이 되었으며, 산은 그를 자취도 없이 빨아당겨 자기 것으로 가져갔다. 차츰 어두워졌다. 눈 내리는 정적 속에서 그는 빙글빙글 돌다가 마침내 기우뚱거리고 있는 팽이의 불안을 느꼈다.

그 느낌은 그를 어린 아이로 되돌려 놓았다. 그 아이의 주변에는 아무 것도 없었고, 그것은 작지만 차갑고 통렬한 두려움이었다. 광호는 자기 두려움을 고스란히 지켜보며 부끄러웠다. 헐거워진 목도리 사이로 눈발이 파고 들어왔다. 목덜미와 어깨 죽지로 녹아내리는 눈은 찌르듯이 차가웠다.

어둠이 밀려올 때 눈이 그치고 구름도 서서

히 걷히기 시작했다. 마침내 광호는 계곡으로 내려갈 수 있는 길을 발견했다. 멀리 신도시의 불빛이 보였고 갈가리 찢긴 서녘 하늘의 먹구름 사이로 별 하나가 반짝였다. 계곡은 이상한 정적에 쌓여 있었다. 어디선가 작은 새 한 마리가 나타나 빠르게 광호의 머리 위를 스치듯 지나갔다.

광호는 계곡을 향해 더듬거리며 바윗길을 내려갔다. 그러나 오른 발로 짚은 바위에서 미끄러지면서 광호는 중심을 잃고 말았다. 워낙 가파른 길이어서 허둥거리며 잡아 쥔 나뭇가지마저 놓쳐버리자 가속도가 붙어 그는 정신을 차릴 수 없을 만큼 빠르게 굴러 떨어졌다. 왼 다리가 바위에 부딪치는 순간 광호는 오른쪽으로 거세게 튀어 나갔다. 어두워가는 암청색 하늘이 빙글빙글 돌았다. 그는 멈춰서기 위해 사지를 버둥거렸다. 그러다가 허벅지를 파고드는 충격이 허리로 뻗쳤다. 마치 거대한 것

가락이 몸속으로 뚫고 들어와 박히는 느낌이
랄까? 갑자기 맥이 빠진 몸뚱어리는 빙글빙글
돌면서 쌓인 눈 위를 마냥 떨어져 내려갔다.
한번 붕 뜨고 나서 어깨가 뭔가에 세차게 부딪
치더니 마침내 멈춘 광호는 가만히 누워서 기
다렸다. 자, 이제 어떻게 된 것일까? 그는 우선
머리가 깨진 것은 아닌지 가늠해 보았다. 조금
메스꺼웠지만 머리를 다친 것 같지는 않았다.
배낭은 오른쪽 어깨에 간신히 걸린 꼴로 짓눌
려 있었다. 광호는 상체를 조금 움직이며 어깨
와 팔을 움직여 보았다. 아팠지만 심한 부상은
아니었다. 그러나 왼다리가 부러져 있었다. 무
릎으로 피가 번져 나오고 있었다. 허리까지 방
사 통이 쑤시고 올라왔다. 허리가 부러지진 않
은 것 같았다. 그는 부러진 다리를 더듬다가
놀랐다. 이크, 이것이 뼈란 말인가? 광호는 자
신의 정강이뼈가 부러져 살을 뚫고나와 바지
를 불룩하게 밀어 올리고 있는 꼴을 어두운 꿈

속에서처럼 멀거니 건너다보았다. 그가 아껴
온 구식 시계의 덮개가 깨져있었다. 쌓인 눈에
비춰보며 간신히 시간을 알아볼 수 있었다. 곧
일곱 시였다.

"아무도 없어요? 아무도 없습니까?"하고 그
는 힘을 잃고 쓰러져 허공에 대고 크게 외쳤
다.

"아무도……?" 이번에는 아래쪽을 향해 몸
을 틀어 외쳤다. 참을 수 없는 고통이 온통 아
랫도리를 무너뜨릴 것처럼 찾아들었다.

"아아아!" 광호는 절망적으로 한숨을 토해
냈다. 그의 추락을 막은 소나무 두 그루는 바
위틈에서 솟아올라 몹시 휘어진 꼴을 하고 있
었다. 나무 아래는 낭떠러지였다. 이제는 어디
인지도 모를 곳에 갇히고 만 것이었다.

"아무도 없습니까?" 광호는 힘을 모아 고함
을 질렀다. 여운이 어둠 속으로 흩어졌다. 그
것은 스스로 생각해도 끔찍할 만큼 날카로운

비명이었다.

졸음이 왔다. 겁이 더럭 난 광호는 통증과 싸우며 버둥버둥 몸을 돌려 세워 바위에 기대 앉는데 성공했다. 탈진한 몸이 아래로 착 가라 앉으면서 이마와 볼과 가슴으로 식은땀이 흘러내렸다. 잘못하면 이대로 죽겠는 걸. 버티자. 아침까지 버텨서 누군가에게 발견될 때를 기다리는 일만 남았다. 노래라도 부르자. 광호는 '험한 세상 다리가 되어'라는 노래를 영어로 조금 불러보았다. 쉰 목소리로 힘없이 읊조리다가 그만 두고 말았다. 노래방에서 누가 옛날 노래를 더 많이 부르나 민아와 내기하던 생각이 났다. 그는 부러진 왼쪽 다리를 쓰다듬어주었다. 감각이 희미해지고 있었다. 솔바람 사이로 별이 하나 서슬 퍼렇게 빛나고 있었다. 졸렸다. 광호는 찢어진 배낭 속에서 초콜릿을 꺼내 먹었다. 비스듬히 부러진 초콜릿은 꼭 부러진 자기 정강이 꼴처럼 비죽하고 날카로웠다. 눈에 뒤덮인 등산화를 바라보던 광호는 그 호리호리하고 젊은 의사의 하얀 어깨를 떠올리다가 힘없이 머리를 저었다. 휴대전화 배터리 만 서랍 안의 것으로 갈아 끼워 가지고 나왔더라면 지금도 희망이 있을 뻔했다. 그러면 119에 도움을 요청하고, 그러면 그 호리호리하고 젊은 의사가 미간에 세로 주름을 지으며 달려와 주었겠지. 그랬다면 안심이다.

적막했다. 손목이 끊어지는 것처럼 싸늘하게 얼어 붙어갈 뿐, 덜덜 떨리던 몸은 더 이상 추위도 느끼지 못했다. 졸음이 까맣게 몰려왔다. 마치 까마귀들이 날듯이 검은 점들이 이마 앞을 떠돌았다. 저절로 고개가 꺾였고 머리통이 처졌다.

광호는 시퍼런 별을 흘겨보았다. 그리고 다시 그 팝송을 불러 보았다. 그러나 목소리는 나오지 않았다. 별빛은 또렷또렷 점점 커졌고 투명하게 녹아내리는 액체처럼 보였다. 광

호는 가볍게 뜬 몸으로 어둠을 가르고 날아올
랐다. 온몸이 따스한 열기에 싸여 그는 광막
한 우주 공간을 빛으로 날아가고 있었다. 두렵
고도 자유로운 비행이었다. 불길이 치솟고 있
는 태양이 멀리 보이기 시작했다. 태양은 백광
이 점점이 박힌 표면을 번쩍이며 느리게 자전
하고 있었다. 그는 탐사 위성의 카메라 렌즈가
투명하게 녹아내리는 모습을 꿈인 듯이 몽롱
하게 바라보았다. 그러나 이미 자신이 탐사 위
성이라는 것을 알게 되었다. 그의 몸이 되어버
린 위성은 왼쪽 다리가 불에 타고 있었다. 위
성은 순식간에 불길에 휩싸인 채 태양을 향해
전속력으로 떨어졌다. 광호는 머리를 죽 빼고
점점 가까이 다가오는 불덩이를 묵묵히 노려
보았다. 이것은 어떤 결단의 순간이었다. 떨어
지자! 어쩔 수 없다는 것을 받아들이자. 막연
히 그는 자기가 받아들이는 이 상황으로 하여
누군가를 대신할 수 있기를 바랐다. 그는 이제

141

완전히 타버린 그저 투명한 의식일 뿐이었으며 그것은 시각의 형태만을 부여 받은 이상한 존재였다. 시선은 불길 속을 헤치며 한없이 추락해갔다. 빨갛게 이글거리는 불길, 하얗게 회오리치는 불길, 주황빛으로 터져 오르는 불길, 불길의 가장자리를 타고 넘는 새파란 불길, 가도 가도 불바다며, 아래도 위도 불길뿐이었다. 그곳에는 아무것도 없었다. 그는 영원히 이곳에 갇혀야 한다면 그 이유가 무엇일까 서럽게 반추해보았다. 그는 출구를 찾아 불길 속을 날아다녔지만 불은 그를 가로 막아섰다. 그때 그는 간절히 기도하기 시작했다. 지금 자기의 이 유폐로써 어머니를 구할 수만 있다면, 그래서 붉은 꽃길이 열릴 수만 있다면……

이 소설은 2011년 3월 『한국소설』에 실렸다. 작품 배경은 2000년 즈음이었다. 그때는 외환 위기가 터져서 많은 이웃들이 불안하고 초조했다. 세기말 식 비장이나 광기까지는 아니었어도 주인공 광호 역시 몹시 고통스러웠다. 그런 그의 내면을 그리는 것이 이 소설의 여정이었다.

모티브는 어느 신문 기사 스크랩이었는데, 아주 오래전이라 언제 기사인지는 기억나지 않는다. 지금도 찾아보면 어딘가 그 신문 쪼가리가 있을지도 모른다.

2010년 9월 초 나는 운 좋게 치악산 자락의 숙소를 얻었다. 공기 맑은 곳에서 무더위로 지친 몸을 달래고, 글도 몇 줄 적어보자는 느긋한 기분으로 갔다.

하지만 나도 광호처럼 허전했다. 두통도 있었고, 이름 모를 벌레가 달려들고, 뙤약볕은 여전했으며, 산책길 마주한 동네 개들은 몹시 사나웠다. 멧돼지가 출몰하니 우산을 하나 가지고 다니다가 여차하면 활짝 펴서 머리 위로 높이 들어 휘둘러야 한다는 충고도 들었다.

밤에는 이상한 소리가 들렸다. 고라니였으리라. 아무튼 그 울음은 싸늘해진 암흑 숲길을 헤매며 토해낸 불길 같은 흐느낌이었다. 식은 땀을 흘리다 잠이 들면 검은 이불보를 뒤집어쓴 귀신이 미쳐서 날뛰는 꼴이 보였다. 이불보가 벗겨지고 허연 웃음만 남아 밤길 위를 둥둥 떠다녔다. 반복해서 꾼 꿈이었다. 낮에는 졸면서 간밤에 본 것이 아마 푸시킨의 악령 같은 것이겠거니 짐작했다.

그곳을 떠나기 하루 전 정오쯤이었던가, 까마귀 한 마리가 내 머리 위로 날아갔다. 새파란 하늘에 딱 그 새 한 마리였다. 처음 발견했을 때 십여 미터 위로 낮게 날아간 까마귀는 점점 높이 느리게 날아올라 까만 점이 되도록 상승해 마치 꽃무늬라도 그리려는 듯이 오른쪽 위에서 왼쪽 아래로 반원을 그리며 날고 다시 반대로 반원을 따라 날아올랐다. 몇 분을 그렇게 날았다. 먹이 때문이 아니라 그저 제 흥에 겨워 춤을 추는 듯했다. 나는 그것이 죽음과 맞닿은 어떤 리추얼이라고 믿었다.

죽음에 대한 이런 생각과 느낌은 강렬했다. 이것을 생동감 넘치게 표현해 보고 싶었다. 그래서 거기에 맞는 형상을 궁리하고 만들어갔다. 신파로 흘러 구시렁거리면 망할 테니 퍽 신선한 이미지들로 짜인 이야기여야만 했다.

소설은 물론 이야기라는 전통의 길에서 출

발한다. 또한 전통에는 언제나 상투성 함정이 도사리고 있다. 상투적인 글쓰기는 백날 써봐야 남는 것이 없다. 바람 불면 흔적도 없이 사라지는 싱거운 짓에 불과하다. 그러므로 작가가 마침내 들어서는 길은 언제나 새로운 길이다. 그래서 실험정신은 창작의 도덕이 된다.

이번 작품의 실험성은 묘사력에 달려 있었다. 특히 심리묘사가 중요했다. 평소에도 나는 심리묘사를 중시해서 꾸준히 연마했다. 도스또옙스키와 프루스트에게 쇼크를 받아 소설을 쓰기 시작한 나는 상념이 흐르는 핏빛 내면을 그려내는 일에 매우 큰 흥미를 느끼고 있다. 의식의 흐름을 맛보기 위해 '율리시즈'로부터 '제노의 의식' 등등을 두루 읽고 반복해서 음미했다. 일반적으로 철학자들이 철학은 곧 심리철학이라고 주장한다는데, 현대소설도 결국은 심리소설로 수렴한다 해서 그다지 그릇된 말은 아니다.

나는 우주 탐사선, 실연, 특성 없는 관계, 등
등의 소재에 반응하는 주인공 의식의 흐름을
추적하며 발견하고 싶은 상징이 있었다. 마치
고된 산행에서 돌연 발견한 묘지처럼 경고와
도 같고, 체념과도 같은 그런 형상. 그러다보
니 아르케타이프에 대한 생각을 많이 했던 것
같다. 며칠을 상상 속에서 그런 원소들이 가질
수 있는 형태를 그려보았다. 그것은 몹시 흥미
로웠다. 시적 감흥으로 다가오는 물, 불의 이
런 저런 모습들이었다. 그 분위기를 살릴 수
있는 플롯과 서술 방법을 찾았다.

이것은 대부분의 소설가들이 겪는 고달픈
창작 과정이다. 하지만 실제로 나를 항상 괴롭
히는 것은 이런 과정이 아니라 타인이다. 창작
을 업으로 하는 사람 면전에서 배짱 좋게 훈계
까지 늘어놓는 사람들의 오해다. 좀 알아먹을
수 있게 쓰라는 둥, 이론에 맞게 쓰라는 둥, 평
론가가 지시하는 대로 써야 한다는 둥, 그야말

로 듣고 있기에 괴로운 말들이다. 그 중에서도 가장 참기 힘든 것은 무지에서 오는 비난이다. 가령 설명과 묘사에 관한 어처구니없는 무지다. 심리 묘사를 읽고는 도대체가 설명이 길어서 뭐가 뭔지 모르겠다는 불평이다. 밀도를 얻기 위해서 집요하게 파고드는 심리 묘사를 두고 불평꾼은 소설가가 일종의 허영을 부린다고 믿는듯했다. 내 관찰로는 이런 현상이 역겨운 서열주의 문화풍토와 관련 있어 보인다. 나는 점점 그런 사람들을 멀리하게 되었다.

묘사와 설명에 관한 오해는 흔하다. 대화는 묘사지만 지문으로 되면 설명이라는 식의 유치한 뜻풀이로는 곤란하다. 보고 들은 것이나 마음에 느낀 것을 그림이나 소설 등에서 예술적 객관적으로 재현하는 것을 묘사라 한다면, 심리 묘사란 어떤 인물의 내면을 객관적으로 재현해 보이는 것이다. 그러기 위해서 구체적 형상이 필요하고, 배경과 사건 속에서 움직이는 심리를 자세하게 생동하도록 그려야 한다. 과학의 방법처럼 인과 관계를 분석하는 설명과는 아무리 형태가 유사해도 차원이 다른 문제다.

나는 광호의 심리를 좇기 위해 그를 마음의 흐름 속에서 응시했다. 광호는 갈등을 고독 속에서 이해하려는 성품을 가졌다. 그렇게 내면에 머물러야만 평화를 얻는다고 믿는 비극적인 운명을 지닌 사람이었다. 다감하고 너그러워서 따뜻한 사람으로 보였지만, 감수성은 마치 질병과도 같이 늘 그를 괴롭혔다. 허무와 공포에 침잠하려는 잠재의식이 결국 삶이라고 확인하고 있는 무척 불행한 인간이다. 그렇다고 불행에 함몰할 만큼 나약한 인간은 아니었기 때문에 결과적으로 끊임없이 불안했고, 그 불안은 결국 상징에 닿았다. 죽음으로 수렴하는 불안이야말로 그것이 최종적으로 맞이하는 것은 상징일 수밖에 없기 때문이다.

소설 묘사는 결국 상징을 만나게 된다. 상징이란 추상적인 사물을 구체화한 것이기에 창작 물 중에서도 특히 깊이 파인 형상과 바로 직격으로 맞닿게 된다. 복잡한 배경과 사건 속에서 갈피를 잡을 수 없는 인물의 심리 묘사, 즉 그런 성격의 내면을 파고 들 때 작가는 반드시 어떤 암시적 형상, 즉 상징을 만난다. 그것이 원형이든, 신비든, 어떤 이름으로 불리든 작가는 이 상황을 표현하려고 한다. 왜냐하면 그렇게 파고들어야만 작품을 흡사 유기체처럼 살아 움직이게 할 수 있기 때문이다. 묘사를 통해 나타난 표상, 감각적이며 아주 구체적으로 파악되는 의식, 이런 것을 붙잡기 위해 애쓰는 것이 창작이다.

나는 광호를 탐구하는 과정에서 그를 둘러싼 강박적인 상황에 집중했고, 그 집중으로 발휘된 밀도를 유지한 채 주인공의 의식을 묘사하고 싶었다. 그리고 이 묘사로 얻은 형상을 상징이라고 생각하기로 했다. 내 작품이 순수하게 높아지고, 또 동시에 감춰지면서 더 순수해지는 순환의 느낌을 주기 때문이었다. 따라서 나는 「2월의 외로움」이 하나의 상징이 되길 바랐다.

「2월의 외로움」이라는 상징을 만나기 위해 광호의 내면을 추적해서 그가 겪는 모든 형태의 사태를 압축시켜 진술하고 싶은 것이다. 이런 노력을 통해 발견한 것이 있다.

광호처럼 유달리 내성적인 사람들은 죽음에 직면할 때 시원의 형상에 자신을 투영하려는 경향이 있다는 것이다. 다시 말해 초월의 몽상에 자신도 모르게 빠져든다. 이런 심리를 두고 이른바 타나토스에 빠진다고 한다. 한번 그 과정에 얽매이면 마음을 흡사 법정처럼 인식해서 법정 최고형에 대한 선택과 판단을 지칠 줄 모르고 끊임없이 강요해서, 죽음이라는 형벌 앞에서 망설이고 두려워하고 있는 자신에게

죄를 덧씌운다. 망설일수록 강요는 커진다. 그리고는 삶에 대한 애착을 역겨운 도착으로 보이도록 완전히 검게 착색해 버린다. 죄의식이 최고조에 도달하는 지점이다.

이 마음의 흐름은 집요하고도 결정적이다. 결국 그는 스스로도 잘 알아 볼 수 없을 만큼 깊은 마음의 저류 속에서 사랑이란 영원히 뛰어넘는 힘이라 믿고, 자기 현존을 경멸해서 초월의 힘에 합류하려고 지칠 줄 모르고 느리게 벽 너머로 움직여 간다. 그가 겪는 배신감도, 허망도, 어쩌면 치명적인 사고도, 이 힘의 끌림에서 결과한 것인지도 모른다.

물론 이것은 광호 개인의 경험이다. 일종의 감각, 혹은 그 연장으로서의 꿈일 뿐이다. 그러므로 지극히 외로운 몸부림이다. 꿈속에서 광호는 은총의 평화를 믿지만, 리비도는 상응하는 값을 지불하라고 요구한다. 그래서 불구덩이를 찾고 그것이 꽃길이어야만 희생에 값

한다고 믿는다. 일종의 편집증 같은 것이다. 희생은 정신을 고양시켜줄 것이라는 강박. 얼음이 따스함을 기억하게 해 줄 것이고, 치명적인 상처는 길을 열어주게 될 것이라는 도착적 안도감. 마침내 광호는 그런 평화를 얻는다. 그만의 최후다.

이 소설의 마지막을 로사리오와 화염이라는 이미지로 했다. 캄캄한 우주 공간 어느 얼음별을 거쳐 불타는 태양으로 마무리하였다. 이상하게도 광호가 가닿는 사랑의 결론은 그러했다. 삶은 배신이고, 삐딱한 죄이지만, 동시에 죄 있는 곳에 은총이 가득하다는 생각과 유사하다. 결국 '넘어섬'이 사랑일까? 넘어선 자는 죽은 자가 아닌가. 넘어섬으로써 광호의 삶은 미완으로 남았다.

문단에 오래 기웃거리다보면 많은 작가들과 만날 수 있다. 내가 만나본 문학 예술가들은 대체로 소설에 관해 두 가지를 강조했다. 하나는 '깊이 파인 형상'이라는 화두와, 또 하나는 '작가의 삶과 개성이 곧 창작의 오메가'라는 믿음이었다. 표현은 달랐을지 모르지만, 알맹이만큼은 희한할 정도로 거의 똑같았다. 작가의 성별이나 나이와도 상관없었다. 그들은 이 생각에 몹시 진지했다.

　그런데 오래 쓴 작가들일수록 작품의 완성도를 두고 냉소적인 태도를 보였다. 대부분 그랬다. 작가란 모름지기 결국은 모두 다 실패한 존재라고 믿는 것일까? 사는 꼴도 마지막에는 꾀죄죄하게 변한다고 자조하는 대가도 보았다. 마치 초탈한 것 같은 이 태도에 나는 비애를 느꼈다.

　도상학의 대가 헤르베르트 폰 아이넴은 미켈란젤로의 작품세계를 신성과 폭력으로 이해했다. 마침내 죄 짓고 죽으려고 산다는 역설로 요약한다. 죄란 빗나간 것, 삐딱하게 선 것을 뜻하고, 이 굴절에서 벗어나려는 노력은 세상의 폭력 아래 끝이 없다. 죄가 불완전한 형상이라면, 숙명적으로 예술은 곧 미완성 그 자체이다. 또한 은총을 믿고 만나고 싶어 몸부림치는 인간의 수난이 곧 삶이다. 예술과 인생은 그대로 닮은꼴이다. 아이넴의 생각은 나에게 큰 위로를 주었다.

도서출판 도화의 주간 김성달 소설가께서 중편 단행본 가운데 하나로 내 책을 내려한다는 제안을 받았을 때 몹시 기뻤다. 그렇지만 오래 전에 발표하고 내팽개쳐두었던 이 소설에게는 갑자기 미안한 마음이 들었다. 그래서 작가의 말을 쉽게 쓰지 못했다. 어쩐지 내 마음 깊은 곳에 도사리고 있는 고민을 올곧이 드러내지 못하고 변죽만 울리는 꼴이어서 오래도록 써야지 써야지 하다가 그만두곤 했다.

그러다가 이 소설의 모델이 된 집에 가보았다. 예전에 살던 집을 보며 서글펐다. 집은 더 낡고 창백해 보였다. 얼른 돌아 나와 종점에서 마을버스를 타고 광화문으로 나와 을지로입구를 지나 명동 성당까지 걸어갔다.

무척 추운 날이었다. 성당 앞 언덕길은 살얼음이 끼어 있어서 엉금엉금 걸었다. 그 얼음판 위로 때에 전 비둘기들이 우르르 몰려 다녔다. 너무 추워서 속눈썹이 쩍쩍 붙었다. 성당으로 들어가는 핏빛 문을 한 뼘 가량 빼꼼히 잡아당겨 어깨를 비틀며 들어섰다. 왠지 그래야 할 것 같았다. 성수대는 메말라 있었다. 대신 궁륭 높이 차오른 고요로 인당을 씻고 눈 뜬 채 묵묵히 기도를 시작했다. 우선 로사리오를 바치고 돌아가신 부모님도 불러보았다. 제대 너머로 보이는 사도들의 봄꽃 같은 모습이 너무 아름다워 눈물이 조금 흘렀다. 그러고는 곧 성당을 나섰다. 청계천 다리 위에 웅크린 채 굶고 있는 비둘기 떼 옆을 지나 어둑해진 겨울 거리를 터덜터덜 걸었다. 낙원 상가를 거쳐 인사동으로 갔다. 내걸린 서화가 보이면 불쑥 화

랑으로 들어가 훑어보고는 나왔다. 뭔가 허전
해서 스스로 나 같지가 않았다. 그러다가 공평
동 하늘 위를 날아가는 까마귀를 보았다. 모
두 다섯 마리였다. 그건 나의 환각이지 싶다.
그 도심 한복판에 어떤 먹이가 있다고 까마귀
가 다섯 마리나 날아갈까? 그러나 너무도 생생
한 모습이었다. 광호에게도 나에게도 그렇게
삶은 신비와 상징을 남긴 채 미완으로 남을 것
같다.